DER GOTT DES GOLDES

DREI: DIE ARES TRIBUNALE

ELIZA RAINE

Für all diejenigen, die sich nicht dazugehörig fühlen.
Du wirst deine Leute finden.

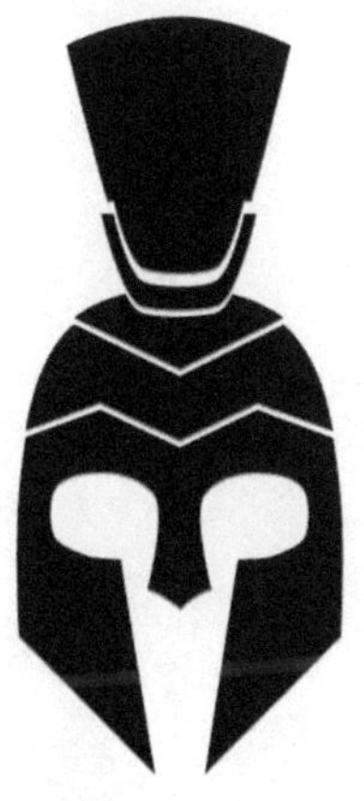

EINS

BELLA

»Wohin gehen wir?«

Eisige Luft zischte über meine Haut, als Dentro durch den Himmel schwebte, meinen Körper immer noch im Griff seines Rinden-bedeckten Schwanzes umklammert. Ich konnte die strahlende Freude des Drachen spüren, als er seine riesigen Flügel ausbreitete und durch die Wolken raste.

Er war frei.

Ich hingegen hätte mich nicht weniger frei fühlen können.

Ich war gebrochen, gefangen in einer Agonie, wie ich sie in meinem schmerzvollen Leben noch nie erlebt hatte.

Die Tränen hatten nachgelassen und schließlich ganz aufgehört, aber die Wut und der Kummer waren nur noch größer geworden. Meine Brust tat mir körperlich weh, als hätte man mir Stücke meines Inneren herausgerissen und alles, was mir geblieben war, war eine Verzweiflung, die schlimmer schmerzte als jede Wunde, die ich je erlebt hatte.

Ich war so nah an einer Glückseligkeit gewesen, von der ich nicht einmal zu träumen gewagt hatte.

Liebe.

Ares hatte gesagt, er liebe mich. Niemand hatte mich je geliebt. Zum Teufel, *ich* hatte mich die meiste Zeit meines Lebens nicht einmal geliebt.

Aber Ares tat es. Und ich liebte ihn. Wir passten zusammen, irgendwie. Nicht, weil wir einander ähnlich waren, sondern weil wir es nicht waren. Unsere Unterschiede waren es, die uns so perfekt zusammenpassen ließen.

Wir teilten dasselbe wilde Verlangen nach Gewalt, Konfrontation und Sieg, aber wir konnten uns gegenseitig beibringen, besser damit umzugehen.

Und, bei allen Göttern, wir konnten gut zusammen kämpfen. Ich hatte keinen Zweifel daran, dass wir uns gegenseitig mit der gleichen Intensität lieben konnten. Der Gedanke, in Ares Armen zu liegen, unsere Liebe füreinander in jeder Berührung zu spüren, ließ das saure Gefühl noch weiter schmerzhaft in meiner Brust ausbreiten.

Aphrodite hatte alles ruiniert. Die eifersüchtige, boshafte, grausame Göttin hatte ihn mit seiner Kampfeslust in den Wahnsinn getrieben, nur damit ich sehen konnte, wie grausam er sein konnte. Dachte sie, das würde mich abschrecken?

Die Frau war eine verdammte Idiotin. Ich teilte Ares Kraft. Ich *wusste*, wie wild er sein konnte. Ich hatte das gleiche verdammte Temperament, die gleiche Gewalt in mir. Sie brauchte es mir nicht zu zeigen.

Ich wusste bereits, dass Ares die Bestie des Krieges

kontrollieren konnte. Ich fürchtete mich nicht vor dem, was er in sich verbarg. Mich interessierte nur, wie er sich *entschied*, sein Leben zu leben. Seine Taten waren das, was zählte, nicht wie zerstörerisch er werden konnte. Verdammt, wenn ich nach meiner eigenen potenziellen Wildheit beurteilt werden sollte, würde ich nicht besser abschneiden als der Kriegsgott.

Die Erinnerung daran, wie er seinen monströsen Fuß hob, um auf meinen hilflosen Körper einzutreten, durchbohrte mich. Ich hasste ihn nicht dafür, dass er mir meine Kraft rauben und töten wollte. Es war nicht wirklich er. Aber seine kalten Worte immer wieder in meinem Kopf zu hören, war wahre Folter. Es erinnerte mich ständig daran, wie schmerzhaft der Verlust seiner Liebe war und wie brutal mir seine Leidenschaft entrissen worden war.

Der Drache neigte sich und lenkte meine Aufmerksamkeit auf den Boden unter uns. Ein funkelnd blauer Ozean glitzerte um eine große Insel in der Ferne. Ich erblickte viele Wälder und Städte mit strahlend weißen Gebäuden, die die Klippen säumten. An mehreren Stellen ragten Pfeiler aus dem Wasser, an denen riesige Schiffe angedockt waren, deren Sonnensegel leuchteten.

»*Dies ist das Reich der Hera.*« Dentros Stimme erklang in meinen Gedanken.

»Hera?«

»*Ja. Du Wilde, hast einen Liebesfluch zu brechen. Und die einzige andere Göttin, die sich auf die Liebe spezialisiert hat, ist Hera.*«

»Aber niemand hat sie gesehen, seit Zeus verschwunden ist.«

»*Ares ist ihr Sohn*«, sagte Dentro mit weiser, sanfter Stimme. »*Sie wird sich Zeit für dich nehmen.*«

Hoffnung mischte sich unter meine Angst.

»Was, wenn sie nicht will? Ares sagte, Eltern kümmern sich im Olymp nicht um ihre Kinder.«

Hera wird mit dir sprechen wollen. Eine Verbindung, wie die, die du mit Ares teilst, ist tief genug, dass sie sie fühlen wird.«

Ich erinnerte mich daran, was mir Eris über Ehen im Olymp, und Heras Magie unzerstörbare Verbindungen zwischen den Göttern zu schaffen, erzählt hatte. Das letzte Mal hatte mich der Gedanke erschreckt. Diesmal klammerte ich mich an die Vorstellung, dass mich noch etwas mit dem Kriegsgott verband.

»Ich dachte, man müsste einwilligen, bevor Hera eine Verbindung knüpft?«

»Tust du doch.«

»Ich habe noch nie in etwas Derartiges eingewilligt.«

»Nicht bewusst vielleicht. Ich glaube, dass es vieles gibt, dessen du dir nicht bewusst bist.«

Ein ungutes Gefühl ließ meinen ohnehin schon aufgewühlten Magen zusammenkrampfen. Wenn Hera mich wirklich sehen wollte, dann würde ich mich weigern zu ihr zu gehen, bevor ich nicht ein paar Antworten bekam. Ich hatte es satt, mir von anderen erzählen zu lassen, dass es all diese verdammten Geheimnisse über meine Vergangenheit gab, von denen sie alle wussten und die nur ich nicht zu kennen schien.

Der Drache neigte sich vor, sodass wir schneller auf das Zentrum der Insel zuflogen, wo der Wald am dichtesten war.

»Ruf nach Hera«, befahl er.

»Wie?«

»Stell sie dir in deinem Geist vor.«

»Ich weiß nicht, wie sie aussieht.«

Dentro stieß ein Schnauben aus und ich war mir

nicht sicher, ob er es aus Verärgerung oder Überraschung tat. Er begann zu vibrieren und ich klammerte mich fest an seinem Schwanz fest. Dann brach mit einem Blitz aus aquamarinblauem Licht eine riesige Marmorsäule aus den Bäumen unter uns hervor. Sie erhob sich in die Höhe, und die geschwungenen Wirbel verzierten ihr perfekt griechisch aussehendes oberes Ende.

Die Säule ragte dreißig Meter über dem Waldboden hervor und die Luft schimmerte, als ein Tempel vor meinen Augen Gestalt annahm, der genau zu der die Säule passte. Er war wunderschön mit geschwungenen Pfeilern, die eine dreieckige Fassade an der Vorderseite stützten und einer beeindruckenden Anzahl von Stufen, die zu großen Holztüren führten. Als wir näherkamen, sah ich, dass überall auf dem Marmor Trauben eingemeißelt waren. Auch konnte ich viele Bilder von Krebsen und Pfauen erkennen.

Der Drache sank immer tiefer, bis wir vor den Stufen standen und auf die imposanten Türen blickten, die ins Innere des Tempels führten. Meine Gedanken schweiften sofort zurück zu der letzten Treppe, die ich hinaufgestiegen war - die, die mich und Ares in König Paniks Turm hätte töten können. Diejenige, die wir gemeinsam gemeistert hatten, während unser Verlangen füreinander durch unsere Körper brannte, als wir unsere Herausforderung bezwangen.

Dentro setzte mich vorsichtig auf dem Marmorboden ab und meine nackten Füße pochten einen Moment lang, als sie auf den kalten Stein trafen. Ich trug immer noch die Robe, obwohl der Rock zerrissen und verschmutzt war. *Ischyros* pulsierte warm und tröstlich in meiner Hand. Der Kopf des Drachens senkte sich, so dass sein riesiges Auge auf gleicher Höhe mit meinem Gesicht erschien.

»Viel Glück. Ich werde hier warten«, sagte er laut. Seine Stimme klang melodisch und grollend.

»Ich danke dir«, erwiderte ich. »Dafür, dass du mich gerettet hast, meine ich. Ares hätte mich umgebracht.«

»Das war ich dir schuldig.«

»Nun, jetzt ist die Schuld beglichen. Du sollst nicht mehr in meiner Schuld stehen. Du bist jetzt frei.«

»Ich werde hier nicht auf dich warten, weil ich dazu verpflichtet bin, Wilde. Ich werde warten, weil ich dich mag.« Ein Lächeln schimmerte in seinen grünen Augen und ein winziges Stück meines schmerzenden, zerfetzten Herzens fügte sich wieder zusammen. Ich hatte einen Freund.

»Ich mag dich auch«, sagte ich, nicht ganz in der Lage, ein Lächeln zustande zu bringen, aber meine Aufrichtigkeit in die Worte projizierend.

»Gut. Ich habe das Gefühl, dass du das hier brauchen wirst.« Dentros Schwanz schlängelte sich herum und er legte den Helm, den wir aus Paniks Schatzkammer gestohlen hatten, vor meinen Füßen ab.

»Du hast ihn mitgenommen?« Ich starrte ihn erstaunt an.

»Ich glaube, er ist wichtig.«

»Warum? Weißt du, woher er stammt?«

»Nein. Aber es strahlt dieselbe Macht aus wie du.«

»Kriegsmagie?«

»Nein. *Bella*-Magie.«

Ich blinzelte zu dem Drachen hinauf.

»Bella-Magie«, wiederholte ich heiser. Das gefiel mir. Ich bückte mich und hob den Helm auf. Mein Herz wurde schwer, als ich sah, wie stark er beschädigt war. Er musste die Wucht von Ares stampfenden Füßen erfahren haben, denn das Metall war auf der einen Seite völlig eingebeult. Es war unmöglich, den Helm aufzusetzen und zu tragen.

»So kraftvoll kann der Helm nicht gewesen sein, wenn es so leicht war, ihm zu zerquetschen «, sagte ich und versuchte, meine Enttäuschung zu verbergen. Ares Rüstung war unzerstörbar.

»Behalte ihn trotzdem bei dir«, sagte Dentro. »Und jetzt geh.«

Ich nickte und hob die Schultern an. *Ischyros* pulsierte in meiner Hand und gab mir wieder Zuversicht. Es war an der Zeit, die Königin des Olymps gegenüberzutreten.

ZWEI

BELLA

Die Stille, die den Tempel beherrschte, war nicht bedrückend oder schwer. Sie war seltsam friedlich, verglichen mit dem Aufruhr, der in mir tobte. Die riesigen Türen hatten sich von selbst geöffnet, sobald ich mich ihnen genähert hatte, und ein langer künstlicher Wasserlauf verlief durch die Mitte des weitläufigen Raums, der sich mir offenbarte. Das Wasser, das ihn füllte, war ein frohes, leuchtendes Türkis und ich wollte mit den Fingern hindurchfahren, während ich daran entlangging. Pfauen streiften über den Marmorboden und bewegten sich zwischen den riesigen Säulen, die das Dach hochhielten. Mein Blick folgte den Säulen nach oben, wo lange Lamellen aus dem Stein gemeißelt worden waren, die die hellen Lichtschächte hereinließen, die den Tempel erleuchteten. Am anderen Ende des Raumes über dem Wasserlauf befand sich eine riesige goldene Statue einer schönen Frau mit einem stolzen Ausdruck auf ihrem lächelnden Mund und Weisheit in ihren kunstvoll geformten Augen. Sie trug eine Toga und eine große

Krone mit teuflischen Zacken, die mit Pfauenfedern durchsetzt waren.

Es war Hera. Ich wusste es sofort, als ich sie sah.

»Bella.« Eine tiefe Frauenstimme schallte durch den Tempel und die Statue schimmerte in hellblauem Licht.

Ich fiel auf ein Knie, ohne nachzudenken.

»Meine Königin«, antwortete ich, die Worte sprangen mir unaufgefordert von den Lippen. Aber ich wurde nicht gezwungen, sie zu sagen. Ich runzelte die Stirn, als ich mich aufrichtete. Es war mehr wie ein Reflex, etwas, das ich schon so lange gemacht hatte, dass ich wusste, wie man es machte.

»Du erinnerst dich.«

»Woran?«

»Du wurdest nicht in der Welt der Sterblichen geboren. Das weißt du. Du hast viele lange verdrängte Erinnerungen an den Olymp.«

»Wo bist du?« Ich drehte mich und suchte nach einer sich bewegenden Gestalt, die kein verdammter Pfau war.

»Ich bedaure, dass ich nicht bei dir sein kann. Ich habe eine Aufgabe, die meine ganze Zeit in Anspruch nimmt. Und Kraft.« Sie fügte die letzten beiden Worte in einem reumütigen Tonfall hinzu.

Ich wollte sie unbedingt danach fragen, was sie damit meinte, aber ich hatte Fragen, die viel wichtiger waren.

»Wie kann ich Ares Fluch brechen?«

»Ich bin froh, dass du mich das fragst.« In ihrer Stimme lag ein Hauch von Zustimmung. »Du musst Hephaestus besuchen. Aphrodite ist seine Frau und er weiß mehr über ihre Magie als ich oder sonst jemand.«

Ich spürte, wie sich meine Augenbrauen vor Überraschung hoben.

»Du willst, dass ich Aphrodites Mann aufsuche? Sicherlich wird er Ares hassen? Warum sollte er ihm helfen wollen?«

»Es ist nicht unsere Aufgabe, über die Beziehungen anderer zu urteilen. Wie Aphrodite und Hephaestus ihre Ehe führen, ist allein ihre Sache.«

Ich runzelte die Stirn und fühlte mich gezüchtigt.

»Oh.« Ich schluckte, dann stellte ich die Frage, die mir auf den Lippen brannte. »Hera, bin ich an Ares gebunden?«

Es gab eine lange Pause, bevor sie antwortete.

»Du weißt, dass du es bist. Du fühlst es.«

»Wurden wir von dir verbunden? Ist das eine der Erinnerungen, die ich verloren habe?«

»Nein. Ihr wurdet durch Kräfte verbunden, die sich meiner Kontrolle entziehen. Und zwar auf mehr als eine Art. Die Verbindung, die euch erlaubt, eure Kraft zu teilen, ist physisch durch die Entfernung begrenzt. Ihr könnt eure Magie nur teilen, wenn ihr zusammen seid.«

Ich nickte. Ich wusste, dass das stimmte und so hatte Dentro mich vor Ares Blutdurst gerettet. Er hatte mich weit genug weggebracht, so dass Ares mir meine Magie nicht entziehen konnte.

»Diese Verbindung kommt von der Kriegskraft, die ihr teilt und kommt nicht von ungefähr. Es ist ähnlich wie bei Ares, der seine Kräfte mit den Königen des Schreckens teilt. Aber die Verbindung zwischen euren Seelen ist anders. Es ist dieselbe wie die Verbindung, die ich zwischen Liebenden herstellen kann. Einmal durch gegenseitige Liebe zum Leben erweckt, könnt ihr euch über jede Entfernung hinweg spüren und wissen, ob der andere glücklich, traurig oder wütend ist. Und ohne sie werdet ihr nie wieder ganz ihr selbst sein. Ich weiß nicht, wie ihr beide auf diese Weise schicksalhaft verbunden seid, aber ich habe getan, was ich konnte, damit mein Sohn dich findet. Um sein Glück zu finden. Er mag das nicht wissen oder gar glauben, aber es ist wahr.«

»Sag mir, wer ich bin, und wie ich in der Welt der Sterblichen gelandet bin?« Ich konnte nicht verhindern, dass die Worte aus mir heraussprudelten.

»So wie du an Ares gebunden bist, bin ich an die Prophezeiung gebunden. Du musst deinen eigenen Weg zu deiner Wahrheit finden.« Ich schluckte die aufkommende Wut, die ich bei ihrer Antwort verspürte, herunter. Hera war nicht hilfreicher als Zeeva. »Oh Enyo, ich bin so viel hilfreicher als Zeeva.«

Ich zischte und zog eine Abwehrmauer um meine Gedanken auf.

»Das ist nicht fair«, sagte ich, bevor ich mich zurückhalten konnte.

»Du bist Gast in meinem Tempel. Deine Gedanken an diesem Ort gehören mir.« Ihre Stimme war hart und erfüllt von Macht. Ich spürte, wie meine Knie schwach wurden, griff nach meinem Schwert und zog an seiner Kraft.

»Kannst du mir noch etwas anderes sagen?«, fragte ich mit zusammengebissenen Zähnen.

»Meine Abwesenheit vom Olymp ist nicht umsonst. Im Gegensatz zu dem, was viele glauben, ist mein Mann es wert, gerettet zu werden. Und ich werde vor nichts zurückschrecken, um das zu tun.«

»Das respektiere ich«, nickte ich. Auch wenn Zeus sich nach einem totalen Vollidioten anhörte. Ich hütete mich davor, diesen Gedanken in meinem Kopf in Worte zu fassen.

Ein Rumpeln fuhr durch das Gestein des Tempels

und Hera sprach wieder.

»Besuch Hephaestus. Nimm den Helm mit. Und... hilf meinem Sohn.«

Es gab einen weiteren Lichtschimmer über der Statue und die unheimliche Präsenz der Göttin verschwand.

»*Bella.*« Ich blickte erschrocken zu Boden. Dann fuhr ein Anflug von Erleichterung durch meinen angespannten Körper.

»Zeeva.«

Die Katze blinzelte mich langsam an.

»*Ich bin froh, dich in Sicherheit zu sehen.*«

»Wirklich?«

»*Warum klingst du so überrascht?*«

Ich neigte den Kopf.

»Weil du nie da bist, wenn ich dich brauche? Weil du immer erst dann auftauchst, wenn die ganze schlimme Scheiße schon vorbei ist?«

Zeeva wischte mit dem Schwanz über den Boden.

»*Du weißt, dass ich dir nur aus der Ferne helfen kann. Ich war im Wald, als Ares sich verwandelt hat.*«

»Warst du das?«

»*Ja. Und wenn Dentro nicht gekommen wäre, hätte ich dir geholfen. Meine Pflichten und Bindungen machen es mir schwer, mich einzumischen, aber ich hätte Hilfe gesandt ehe Ares dich hätte töten können.*« Etwas Warmes regte sich in meiner Brust bei der Aufrichtigkeit, die ich in ihrer normalerweise kühlen Stimme hören konnte.

Vielleicht hatte ich zwei Freunde. Sie mögen zwar ein Drache und ein Sphinx Wandler sein, aber das wäre mir allemal lieber als zwei Menschen.

»Weißt du, wie man zu Hephaestus kommt?«, fragte ich Zeeva.

»*Ja. Dentro weiß es aber auch.*«

»Gut. Je eher wir zurück zu Ares kommen, desto besser.«

DREI

BELLA

Wir flogen eine lange Zeit und währenddessen erklärte mir Zeeva die Grundlagen des magischen Teleportierens. Es stand außer Frage, dass es etwas war, das ich lernen musste und ich konzentrierte mich intensiv auf ihre Worte und gab ihr meine volle Aufmerksamkeit. Ich bemühte mich so sehr, die Erinnerung an diese kalten, emotionslosen Augen im Gesicht des Mannes, den ich so sehr liebte, nicht die Oberhand in meinem Kopf gewinnen zu lassen.

Es sei gefährlich, sagte Zeeva. Wenn ich es falsch anging, konnte ich am Ende von meiner Seele getrennt werden. Ich unterließ es ihr zu sagen, dass sich meine Distanz zu Ares im Moment schon so anfühlte, als wäre ich von meiner Seele getrennt worden. Ich verstand die Tiefe meiner Gefühle für den Gott nicht. Wie kann jemand, der normalerweise so praktisch und vorsichtig war wie ich, so leidenschaftlich für einen Mann empfinden, den er erst seit so kurzer Zeit kannte. Aber Heras Worte spielten in meinem Kopf, kämpften mit denen von Zeeva um meine Aufmerksamkeit.

»Du wurdest durch Kräfte gebunden, die sich meiner Kontrolle entzogen. So wie du an Ares gebunden bist, bin ich an die Prophezeiung gebunden. Du musst deinen eigenen Weg zu deiner Wahrheit finden.«

Was hatte das überhaupt zu bedeuten? Wer hat sich in mein Leben eingemischt, bevor ich mich überhaupt erinnern konnte und mich an Ares gebunden? Und wieso? Was zum Teufel hatte eine Prophezeiung damit zu tun?

Ares würde es mir sagen müssen. Ich hatte keinen Zweifel daran, dass er mehr wusste, als er mir bisher gesagt hatte und jetzt, wo er mir seine Liebe gestanden hatte...

Sein riesiger Fuß, der auf mich zukam, während sein wildes Brüllen durch den Wald hallte, überflutete meine Erinnerung. Ich kniff die Augen zusammen und merkte, dass Zeevas Stimme leise geworden war.

»Hast du Angst vor ihm?«, fragte sie sanft.

Meine Augen flatterten auf, und ich schüttelte heftig den Kopf. Ich war wieder in Dentros Schwanz eingewickelt und Zeeva saß etwa einen Meter von mir entfernt auf der Rinde, ihre magischen starken Krallen tief ins Holz gebohrt, um ihr Gleichgewicht zu bewahren. Dentro hatte uns versichert, dass seine Haut dick genug sei, um das auszuhalten. Rosa- und orangefarbene Wolken zischten zu beiden Seiten an uns vorbei und kühle Luft strömte durch mein Haar.

»Ich habe keine Angst vor ihm. Ich weiß, dass er mich umgebracht hätte, aber ich habe keine Angst vor dem, was in ihm ist. Er wurde von einem anderen Gott gezwungen, die Kontrolle zu verlieren. Er hat die Kontrolle über seine Selbstbeherrschung also nicht von selbst verloren.«

Licht funkelte in Zeevas bernsteinfarbenen Augen.

»*Und die Kontrolle ist das, was für dich wichtig ist?*«

»Natürlich ist sie das. Wir sind nichts anderes als die Entscheidungen, die wir treffen. Ich habe mein Leben damit verbracht, Entscheidungen zu treffen, um meine Zerstörung einzudämmen.«

»*Und du bist mit den Entscheidungen, die Ares getroffen hat, einverstanden?*«

»Nicht mit allen. Aber er ist nicht grausam oder unnötig gewalttätig, wozu seine Macht ihn leicht bringen könnte. Er ist arrogant und egoistisch, aber ich denke, das wäre ich auch, wenn ich ein olympischer Gott wäre.«

»*Ich hoffe sehr, dass ihr beide zusammen sein könnt.*« Die Stimme der Katze war sanfter, als ich sie je gehört hatte und ich neigte fragend den Kopf zu ihr. »*Es ist selten, dass man so viel Verständnis für die dunklen Züge eines Menschen aufbringt. Solch ein Optimismus kann ein Leben verändern. Viele Leben.*«

»Es ist nicht schwer, ihn zu verstehen. Ich teile seine Kraft. Hera sagte... Sie sagte, ich sei an ihn gebunden, aber nicht durch sie. Weißt du, was das bedeutet?«

»*Nein. Das weiß ich nicht. Ich wusste, dass ihr verbunden seid und dass Hera ein großes Interesse an euch beiden hat. Aber mehr nicht.*«

»Weißt du, wie ich meine Erinnerungen zurückbekommen kann?« Auf die Frage hin senkte Zeeva ihren Blick.

»*Ich kann dir einige von ihnen geben.*«

Mein Herz setzte einen Schlag aus, als ich Zeeva anstarrte.

»Was?«

Sie sah mich wieder an.

»*Ich bin schon viel länger bei dir, als du es weißt. Und*

ich kann dir einige deiner Erinnerungen zurückgeben. Aber nicht hier und jetzt. Du brauchst Raum und einen klaren Kopf.«

Ausnahmsweise diskutierte ich nicht mit ihr. Mich darauf zu konzentrieren, Ares zurückzubekommen, war viel wichtiger. Und, wenn ich ehrlich war, hatte ein Teil von mir ein wenig Angst vor meiner eigenen Vergangenheit. Was, wenn ich nicht mochte, woran ich mich erinnerte? Und ich hatte keinen Zweifel daran, dass ich am Ende mit einer ganzen Reihe neuer Fragen dastehen würde, auf die ich keine Antworten hatte. Dazu war ich noch nicht bereit.

»Warum wurden mir meine Erinnerungen genommen?«

»Das besprechen wir später.«

»Okay. Was nimmt Heras ganze Zeit und Kraft in Anspruch?«

»Das geht nur meine Königin etwas an«, sagte Zeeva, jetzt wieder förmlich.

»Gut.« Ich schob mich in Dentros Schweif, meine magische Rüstung drückte gegen seine kratzige Rinde und fühlte sich an wie eine zweite Haut. Ich tastete nach der Quelle meiner Macht in mir und fand sie größer als je zuvor. Meine Kraft war jetzt, wo ich von Ares weg war, enorm.

»Erzähl mir noch mal von dem magischen Teleportieren. Ich muss mir vorstellen, wohin ich gehen will? Was ist, wenn ich nicht weiß, wie es aussieht?«

Zeeva schien erleichtert zu sein, meine Frage zu beantworten, und als wir uns wieder in die Lektion vertieften, bemühte ich mich, meine Fähigkeit zum Laserfokus zu nutzen, um mich auf ihre Worte zu konzentrieren und mein schmerzhaftes Bewusstsein von Ares Abwesenheit zu ignorieren.

~

»Drache?«

Eine dröhnende, kehlige Stimme erfüllte den Himmel um uns herum und mein Körper wurde lebendig, als ich ruckartig aufwachte.

»Was -« Meine Frage wurde unterbrochen, als Dentro der Stimme antwortete.

»Mächtiger Hephaestus. Lang ist es her.«

Ich blinzelte schnell und versuchte, den Schlaf aus meinen Augen zu vertreiben. Mein Nacken tat weh und meine Schultern schmerzten, aber ich beugte mich über den um mich gewickelten Schwanz, um nach unten zu schauen. Die Gipfel von drei Vulkanen ragten majestätisch aus dem Ozean und ich konnte die helle, geschmolzene Lava in jedem von ihnen sehen. Aufregung zischte durch mich hindurch. Wir waren in Hephaestus Reich, im Reich des Skorpions, angekommen.

»Hera hat mich gewarnt.« Die Stimme des Gottes war tief und schneidend und nicht im Entferntesten freundlich. »Wirst du hier warten, Dentro?«

»Wenn es dir nichts ausmacht. Das Innere eines Vulkans ist ein gefährlicher Ort für ein Wesen aus Holz.« In Dentros Stimme lag eine gewisse Belustigung, als er antwortete und ich spürte, wie sich meine Augen weiteten.

»Das Innere eines Vulkans?«, zischte ich Zeeva zu. Sie blinzelte mich nur langsam an.

Dentros Schwanzspitze kräuselte sich zu mir und er legte mir den zerstörten Helm in die Hand. Ich hatte

Ischyros, der wieder auf die Größe meines Schnappmessers angenommen hatte, in mein Mieder gesteckt, als mir klar wurde, dass mich der Schlaf einholen würde.

»Viel Glück, Wilde«, sagte der Drache und dann wurde die Welt auf einen Schlag weiß.

VIER

BELLA

Das Erste, was ich wahrnahm, war Hitze. Enorme Hitze. Ich schaute mich um, fühlte mich nackt ohne mein Schwert und umklammerte stattdessen fest den Helm.

Ich befand mich in der Tat in einem Vulkan. Und es war sogar noch surrealer, als es das fliegende Schiff gewesen war.

Das einzige Licht kam von einem Fluss aus glühendem Orange, der vor mir brodelte. Ich stand auf dunklem, fast schwarzem Gestein und befand mich definitiv am Boden dieses epischen Bauwerks der Natur. Mein Hals spannte sich an, als ich nach oben blickte. Das Innere des Vulkans war von Ringen felsiger Plattformen gesäumt, die durch grob geschwungene Treppen mit dem Skelett des Vulkans verbunden waren. An verschiedenen Stellen ragten Brücken heraus, die die Plattformen dort verbanden, wo es keine Treppen gab, und majestätische Wasserfälle aus atemberaubend heller Lava, flossen aus riesigen Becken auf verschiedenen Plateaus innerhalb des Vulkans hinunter zu einem Fluss. Ich hatte das Gefühl, absolut winzig zu sein.

Ich konnte nur Details auf den Plateaus über mir erkennen, konnte aber genug sehen, um herauszufinden, was die Ursache für die lauten, metallischen Knalle und Schläge war, die durch den Vulkan hallten.

Giganten. Riesige Männer mit nackten Oberkörpern standen an den Lavapfützen, tauchten Metallstücke hinein und arbeiteten mit riesigen Hämmern und Schürhaken an langen felsigen Tischen.

Hephaestus war der Gott der Schmiede und dies muss seine Schmiede sein. Ich stieß einen langen, ehrfürchtigen Atemzug aus und mir wurde wieder bewusst, wie heiß mir war, während mir der Schweiß den Nacken hinunterlief. Der Geruch von Schwefel war stark und ich konzentrierte mich auf meine Kraft, um ihn zu lindern.

»Hallo?«, rief ich zögernd. Die Spitze des Vulkans war dunkel. Kein Licht vom Himmel darüber schien durch. Ein deutlich klaustrophobisches Gefühl überkam mich und der Wunsch nach frischer Luft war plötzlich allgegenwärtig.

»Bella«, sagte eine Stimme, dann erschien eine dunkle Gestalt am Rand des Plateaus über mir. Die Gestalt machte einen plötzlichen Sprung und mir blieb der Mund offenstehen als sie mit Leichtigkeit den Lavastrom überwand und nur wenige Meter von mir auf den Felsen plumpste.

Ich ließ mich instinktiv auf ein Knie fallen, als ich die Gesichtszüge von Hephaestus erkannte. Sein Gesicht war hart und kalt, und seine Züge nicht ganz da, wo sie bei anderen Gesichtern sein würden. Eine seiner Schultern war hochgezogen, was ihn schief aussehen ließ und seine schwarze Toga war von einer schweren Lederschürze bedeckt. Ein massiver Kriegshammer schwang in seiner rechten Hand, während er mich betrachtete.

»Hera sagte, du könntest mir helfen«, sagte ich so ehrerbietig wie möglich. Ich brauchte die Hilfe dieses Gottes. Ares brauchte die Hilfe dieses Gottes.

»Du hast meine Frau verärgert.« Ich nickte unbeholfen. Hephaestus schwang den Hammer zwischen seinen riesigen Händen. »Sie hat schon zu lange mit dem Kriegsgott gespielt. Ihr Stolz macht sie zu einer Närrin.« Seine Worte waren rau, als müsse er sich räuspern und seine Augen verrieten keinerlei Emotion.

Ich schluckte und wünschte mir, dass es irgendeine Art von Brise in dem erstickenden Vulkan gäbe.

»Wie kann ich einen ihrer Flüche brechen?«

»Sie ist die Göttin der Liebe. Ihre Flüche können nur mit Liebe geschmiedet und gebrochen werden.«

Ich blinzelte.

»Ares zu lieben, hat den Fluch doch verursacht«, sagte ich. «Wie kann die Liebe zu ihm den Fluch dann brechen?"

Hephaestus kniff seine Augen zusammen und richtet sie auf den Helm in meinen Händen. Interesse flackerte in seinen Augen auf und das Licht der Lava spiegelte sich in den schwarzen Pupillen.

»Verstehst du, dass meine Frau viele Männer liebt?«, sagte er nach einer unangenehm langen Pause.

»Ähm«, sagte ich und hatte keinen blassen Schimmer, was ich darauf erwidern sollte.

»Liebe ist die mächtigste Sache der Welt.« Die Stimme des Gottes senkte sich und eine Melancholie schlich sich in seine Worte. »Alle Macht muss im Gleichgewicht sein. Kein Unsterblicher besitzt nur eine Kraft des Guten oder des Bösen. Sie müssen alle beides sein. Mit der größten Liebe kommt der größte Schmerz. Und mit der größten Macht kommt der größte Zorn. Meine Frau muss diese Last tragen.« Seine Augen fixierten die meinen. »Du und ich werden nie das Ausmaß ihrer Not nachvollziehen können.«

Ich biss mir auf die Lippe. Ich verstand seine Worte und ein Teil von mir akzeptierte sie. Sie waren im Einklang mit dem, was ich nur Stunden zuvor zu Zeeva über Ares gesagt hatte.

Aber es gab einen anderen Teil in mir, der diese Frau, die den Mann, den ich liebte, aus purer Eifersucht angegriffen und seiner Selbstbeherrschung beraubt hatte, niemals verstehen würde und ihr somit nie vergeben könnte. Jedes Mal, wenn ich mit ihr gesprochen hatte, hatte ich die Grausamkeit aus ihren schönen Augen leuchten sehen. Ich wusste, wie sie Ares früher behandelt hatte: wie ein Spielzeug, ein Haustier, eine Trophäe. Vielleicht hatte Hephaestus recht und dies war die Kehrseite der Medaille, die Göttin der Liebe zu sein. Aber das bedeutete nicht, dass sie danach handeln musste.

»Ich hege keinen Groll gegen den Kriegsgott«, sagte Hephaestus, stieß einen Seufzer aus und bewahrte mich gnädiger Weise davor, etwas zu sagen, dass ich später bereuen würde. »Aber ich finde Gefallen daran, ihn nun aus dem Leben meiner Frau entfernen zu können. Wie lauteten die Worte ihres Fluches?«

Ich zermarterte mir das Hirn und versuchte mich an Aphrodites genaue Worte zu erinnern.

»Sie sagte, dass die Liebe ihre Macht wirken lässt, dann machte sie Ares verrückt vor Blutgier. Er versuchte, mir meine ganze Macht zu nehmen und mich zu töten. Sie sagte ihm: »*Wenn du sie wirklich liebst und willst, dass sie dich auch liebt, muss sie dich in deinem schlimmsten Zustand sehen.«* Ja, das war es, was sie gesagt hat.«

Hephaestus nickte.

»Du musst ihn in seinem schlimmsten Zustand akzeptieren. Wenn du ihn dann immer noch liebst, wird der Fluch gebrochen.«

»Aber ich akzeptiere ihn doch«, sagte ich. »Ist das nicht genug?« Zweifel krochen in mir auf. Was, wenn ich dachte, dass ich ihn liebe, es aber unbewusst nicht tat? Aber... Das war nicht möglich - ich wusste, was ich fühlte. Ich liebte ihn.

»Ares muss das wissen. Es muss auf Gegenseitigkeit beruhen. Er muss sehen, dass du ihn auch in seinem schlimmsten Zustand akzeptierst.«

»Wie? Wenn ich mich ihm nähere, wird er mir die Kraft nehmen und mich töten.«

Hephaestus betrachtete mich einen langen Moment lang.

»Glaubst du immer noch, dass du dich des Olymps würdig erweisen kannst?«

»Immer noch?« Ich blinzelte ihn an und versuchte, die Hitze zu ignorieren, die auf mich eindrang. »Ich weiß nicht, was du meinst.«

Der Gott der Schmiede hob seinen Hammer.

»Ich werde die Frage anders formulieren. Bist du des Olymps würdig? Der Liebe eines Olympianers?«

»Ich weiß es nicht«, sagte ich und starrte Hephaestus an. Ich hatte keine Ahnung, was notwendig war, um des Olymps würdig zu sein. Wenn es bedeutete, sich wie Aphrodite zu verhalten, dann nein - dann war ich es nicht. Und was das Würdigsein von Ares Liebe anging...

»Ich weiß nur, dass ich ihn liebe. Ich werde alles tun, was

nötig ist, um ihn zu retten. Was auch immer notwendig ist, damit er weiß, was ich fühle.«

»Ich werde dir helfen, aber du wirst es dir verdienen müssen.«

»Ich werde alles tun.« Erleichterung durchflutete mich.

Hephaestus streckte seine Hand aus und ließ seinen Hammer mit einem Krachen auf den Felsen fallen.

»Gib mir das«, sagte er und deutete auf den verbogenen Helm in meinen Händen. Ich trat vor und legte ihn zögernd in seine riesige, ausgestreckte Hand. »Den habe ich vor vielen Jahren für dich gemacht«, sagte er leise. »Damals wusste ich noch nicht, dass ich ihn für dich geschmiedet habe.«

»Wirklich?« Aufregung flammte in mir auf.

»In der Tat. Ich mache viele Dinge für die Olympianer.« Meine Haut kribbelte und ich bekam eine Gänsehaut, trotz der erdrückenden Hitze.

»Ich bin kein Olympianer.«

»Nein. Das bist du nicht.« Er schaute vom Helm zu mir. »Wenn du das, was ich brauche, aus meinem Reich holen kannst, um den Helm zu reparieren, dann wirst du den Fluch brechen und Ares retten können.«

»Wie?«

»Wenn du diesen Helm trägst, wird kein Gott in der Lage sein, ihn zu durchdringen«, sagte er und machte einen schiefen Schritt auf mich zu. Mein Atem stockte in meiner pochenden Brust.

»Eine undurchdringliche Rüstung? So wie Ares sie hat?«

Er nickte. »Ja. Aber Ares Rüstung schützt seinen Körper. Dieser Helm ist anders. Er wird alles schützen, was er bedeckt. Dein Körper wird dennoch anfällig für äußere Einflüsse sein, aber solange du den Helm trägst, werden dein Geist, deine Seele und deine Macht geschützt sein.«

Ich verstand was er sagte und die Bedeutung seiner Worte klang zu gut, um wahr zu sein.

»Ares kann mir meine Kraft nicht nehmen, wenn ich den Helm trage?«

»Das kann er nicht.«

»Danke«, hauchte ich und spürte wie die Anspannung, die meinen Körper durchzog, ein wenig nachließ. »Ich danke dir so sehr.«

»Dank mir noch nicht. Mein Reich ist nicht leicht zu durchqueren und du wirst dich mit meinem General unterhalten müssen. Er ist keine Besucher gewöhnt.«

»General? Was muss ich denn tun?«

»Du verstehst, dass dies ein Test ist? Ein Test deiner Würdigkeit?« Ich nickte. Ich hatte genug Kraft und schiere Entschlossenheit, die durch meine Adern brannten, dass ich mir sicher war, jeden verdammten Test bestehen zu können. »Ich brauche einen Goldbarren und eine lila Phönixfeder.« Er hielt den Helm hoch, winzig klein in seiner Handfläche. »Dann kann ich das in Ordnung bringen und du kannst zu Ares zurückkehren.«

»Ich bin bereit. Wo kann ich sie finden?«

»Es gibt viele Vulkane im Reich des Skorpions. Du brauchst das hier, um einen zu betreten.« Eine schwarze Kugel schimmerte zu meinen Füßen, so groß wie ein großer Kieselstein. Ich hockte mich hin und hob sie auf. »Wenn du es schaffst, beide Gegenstände zu bekommen, wirst du hierher zurück teleportiert.«

Bevor ich ihm antworten konnte, zauberte er mich ohne ein Wort der Warnung aus seinem Vulkan heraus.

FÜNF

BELLA

»Verdammt!«

Ich fiel durch die Luft. Der kristallklare Ozean kam schnell näher und ich hielt die schwarze Kugel in meiner Hand. In meinem Kopf ging ich blitzschnell meine Optionen durch und entschied, dass ich mir nicht zutraute, mich aus dieser Situation hinaus zu zaubern und machte mich auf den Aufprall gefasst.

Ich stürzte ins Wasser und hatte das Gefühl, gegen eine Mauer zu prallen, bevor ich unter die Oberfläche sank. Ich kämpfte mich hoch, weigerte mich, die Kugel loszulassen und mein Rock schlang sich gefährlich um meine Beine, während ich versuchte zu schwimmen. Ein dunkler Schatten bewegte sich über mir und dann wurde mir bewusst, dass etwas neben mir ins Wasser eintauchte. Dentros Schwanz schlang sich um meine Mitte und zog mich aus dem Ozean.

»Bastard! Arschloch! Dieser verdammte Gott«, spuckte ich und versuchte, mir mit einer Hand die nassen Haare aus dem Gesicht zu schieben, immer noch nicht bereit, meinen Griff um die Kugel aufzugeben.

Dentro gluckste.

»Er ist nicht für seine Gastfreundschaft bekannt. Dieses Reich ist eines der verbotenen Reiche. Die meisten, die es betreten, werden auf der Stelle getötet.« Der Drache bewegte mich so, dass ich auf gleicher Höhe mit seinem Gesicht war, seine Augen waren ernst. Zeeva trottete an seinem schlangenartigen Körper entlang, blieb stehen und starrte mich an. Die kühle Gischt des Ozeans mischte sich mit der Brise, die durch Dentros Flügelschlag entstand und ich nahm mir eine Sekunde Zeit, um das Gefühl der kühlen Freiheit zu genießen.

»*Wo ist der Helm?*«, fragte Zeeva. »*Und was ist das?*« Sie schnupperte an der Kugel.

»Wenn ich etwas Gold und ein paar lila Phönixfedern finden kann, dann wird er den Helm reparieren«, sagte ich und Hoffnung und Aufregung durchströmten mich. »Und dann wird er meine Kraft schützen. Niemand kommt an mich ran, wenn ich ihn trage.«

»*Einschließlich Ares?*«

»Ja. Ich werde in der Lage sein, zu ihm zurückzugehen.« Ein Gefühl der Zielstrebigkeit ersetzte das erdrückende Gefühl des Verlustes und ich spürte, wie sich meine Kraft fokussierte und Zweifel und Trauer in den Hintergrund traten.

»Gut. Wo wirst du die Dinge finden, die du brauchst?«, fragte Dentro.

»Ähm ...« Ich hielt die Kugel hoch. »Ich weiß nur, dass sie in seinem Reich sind und ich das brauche.«

»Hmmm«, sinnierte der Drache, schlug mit den Flügeln und erhob sich über das Meer. »Das Reich des Skorpions liegt umgeben von Vulkanen. Ich nehme an, der Orbis zeigt dir, welchen du besuchen musst.«

»Gut, dass du hier bist, Dentro«, sagte ich und schaute mir die Kugel genau an, als wir höher stiegen. »Ich hätte sicher eine Woche gebraucht, um das herauszufinden.«

Die Kugel war rau und ich konnte ein Muster auf dem schwarzen Stein ausmachen.

»Schau nach unten. Da ist das ganze Reich. Hilft das vielleicht?«

Ich tat, was der Drache sagte und sah eine Reihe von Vulkanspitzen aus dem Meer aufsteigen. Es waren mindestens zwanzig. Ich runzelte die Stirn. Wie sollte ich zwei von ihnen auswählen?

Es dauerte weitere fünf Minuten, in denen wir über das Reich hinwegschwebten und Zeeva immer wieder nach den genauen Worten fragte, die Hephaestus gesagt hatte, bevor ich erkannte, was das Muster auf der Kugel war.

»Dentro, flieg dahin, so dass der große Vulkan dort rechts von uns ist«, sagte ich aufgeregt und hielt die Kugel in die Höhe. Der Drache schwebte durch den Himmel und ich schrie auf vor Freude, als ich feststellte, dass sich das Muster auf der Kugel mit den Gipfeln, die aus dem Ozean unter uns ragten, deckte.

»Das ist es! Das Muster auf dem Felsen ist eine Karte der Vulkane! Sieh doch!«

Zeeva schnippte mit dem Schwanz, als sie auf die Stelle schaute, auf die ich zeigte.

»*Gut gemacht.*«

»Danke«, sagte ich und schaute mir die Kugel genauer an. »Einer davon muss derjenige sein, der...« Ich fuhr mit dem Finger über die kleinen Erhebungen, die mit den Vulkanen übereinstimmten. Eine davon war scharfkantig, wo alle anderen glatt waren. »Ich habe ihn gefunden!« Ich hielt die Kugel hoch und zählte, um genau herauszufinden, welcher Gipfel mit der spitzen Erhebung auf der Kugel übereinstimmte. »Es ist der dort. Dentro, kannst du mich da runterbringen?«

~

Den richtigen Vulkan zu identifizieren war eine Sache. Ins Innere zu gelangen, war eine ganz andere.

Wir waren tief über dem Becken des Vulkans, und die Hitze der brodelnden Lava umspülte uns. Kein Teil von mir genoss den Gedanken, wieder die drückende Hitze zu betreten, aber ich musste die Aufgabe erfüllen und Hephaestus zeigen, dass ich seiner Hilfe würdig war.

»Ich glaube, du solltest den Orb hinreinwerfen«, sagte Dentro.

»Was? Aber was ist, wenn ich es brauche?«

»*Ich stimme dem Drachen zu*«, sagte Zeeva.

»Na dann.« Ich warf ihr einen langen Blick zu und versuchte, eine Alternative zu finden. Da mir keine einfiel, schluckte ich und umklammerte den Stein. »Gut.«

Ich zog meinen Arm zurück und schleuderte die Kugel in das geschmolzene Gestein darunter. Sie machte einen kleinen Spritzer, als sie aufschlug und versank dann langsam in der Lava.

»Es hat nicht funktioniert«, hauchte ich, als sie verschwand. »Was zum Teufel soll ich jetzt tun? Ich habe die verdammte Kugel weggeworfen!«

Plötzlich schwoll die Hitze über mir an, dann begann die Lava zu wirbeln, als ob jemand einen Stöpsel gezogen hätte. In Sekundenschnelle erschien ein dunkles, schwarzes Loch. »Da springe ich nicht rein«, sagte ich und erstarrte.

Aber eine Vision von Ares erfüllte meinen Geist, und sein sinnlicher, mächtiger Blick bohrte sich in meinen. Für ihn würde ich in einen Vulkan springen. Für ihn würde ich alles tun.

»Erlaube mir, dir zu helfen«, sagte Dentro und ließ mich sanft in Richtung des Lochs hinab. Als ich zehn Meter darüber war, hörte ich wieder seine Stimme: »Näher kann ich nicht an die Hitze herankommen, Wilde. Viel Glück.« Dann rollte sich sein Schwanz um mich herum ab und ich ließ mich fallen.

Ich unterdrückte einen Schrei, beschwor einen Schutzschild hinauf und zog es um mich herum auf, während ich in die Dunkelheit kippte. Doch mein Fall war unerwartet langsam, als flöge ich auf einer Wolke.

Sanft schwebte ich hinunter durch eine andere Schmiede, die das Innere des Vulkans auskleidete, genau wie die von Hephaestus, mit Plattformen, die Fässer mit Lava beherbergten und Kreaturen, die mit Hämmern und Werkzeugen daneben arbeiteten. Die Lava floss von der Spitze des Vulkans durch das Innere hinunter, füllte Behälter und schwappte dann nach unten, bis sie einen Pool am Boden erreichte.

Der Schwefelgeruch war überwältigend und ich nutzte meine Kraft, um ihn zu blockieren, als das, was mich schweben ließ, begann, mich auf eine breite Plattform zu ziehen. Eine riesige Gestalt war über eine Platte gebeugt und schlug mit einem flachen Hammer auf etwas, das weißglühend war. Er drehte sich um, als meine Füße auf die Plattform trafen und Hitzewellen strömten aus dem Fass auf mich ein. Als ich sicher war, dass ich fest auf meinen Füßen stand, schaute ich nach oben. Und dann weiter nach oben.

Der Mann, der mich überragte, war ein echter Riese. Und er hatte nur ein Auge.

»Hallo«, sagte ich und spürte, wie *Ischyros* gegen meine Brust pulsierte. Ich sehnte mich danach, die Waffe aus meinem Mieder zu ziehen, war mir aber ziemlich sicher, dass das die falsche Botschaft senden würde.

»Mein Meister hat dich geschickt. Du hattest einen Orb. Warum?«

Seine Stimme war rau und dröhnend. Abgesehen von der Sache mit dem einen Auge sah er einfach wie ein normaler Typ aus, wenn auch als ein riesiger Wrestler war, der nur ein Paar hessische Shorts trug.

»Ich, ähm, muss ein paar Dinge für ihn holen«, sagte ich. »Übrigens, ich bin Bella.«

Er blinzelte und beugte sich vor, um mich näher zu betrachten. Der Geruch von Schwefel schlug gegen meine Abwehrkräfte.

»Ich bin der berühmte Zyklop, General Brontes. Ich bin mir sicher, du hast schon von mir gehört.« Er schlug eine riesige Faust gegen seine nackte Brust.

»Natürlich habe ich das«, sagte ich schnell.

»Gut. Was willst du?«

»Etwas Gold und eine lila Phönixfeder, bitte.«

Seine einsame Augenbraue hob sich.

»Das Gold kann ich dir geben, wenn du stark genug bist, es zu tragen.«

»Ich bin stark«, versicherte ich ihm.

»Du siehst nicht stark aus.« Er verzog das Gesicht und schaute mich noch genauer an.

»Ich bin es aber.«

»Die Feder muss aus dem Lager geholt werden.« Er zuckte mit den Schultern.

»Okay. Wo ist das Lager?«

»Da drunter.« Er zeigte nach unten. Ich bewegte mich und spähte über den Rand der Plattform.

»Wo drunter?«

»Die Lava.«

»Oh. Wie kommt man an sie ran?« Ich blinzelte in den brodelnden Pool aus geschmolzenem Gestein.

»Das kann man nicht, es sei denn, man ist ein Telkhine.«

»Was ist das?«

Er schüttelte den Kopf, dann begann er, die Plattform entlang zu stapfen.

»Komm«, sagte er. Ich eilte hinter ihm her. »Da. Das ist ein Telkhine.« Mir blieb der Mund offenstehen, als ich dorthin schaute, wo er hindeutete. Drüben am nächsten Fass arbeitete eine Kreatur, die so aussah, wie ich sie mir in meiner kühnsten Fantasie nicht hätte ausdenken können. Sie sah aus, als hätte man einen Seehund und einen Hund miteinander kombiniert und dem Ding dann Schwimmhäute verpasst. Die obere Hälfte des Körpers war hauptsächlich hundeähnlich, aber die untere Hälfte bestand aus einem gedrungenen Fischschwanz, auf den sie sich stützte. Sie arbeitete an etwas, das wie ein Kettenhemdnetz aussah und ihre Hände bewegten sich so schnell, dass ich kaum mit ihnen Schritt halten konnte. Der Anblick war irgendwie hypnotisierend. »Mein Meister hat sie erschaffen, um in seinen Schmieden zu arbeiten. Sie sind Meisterschmiede und können in Lava schwimmen«, sagte Brontes.

»Wow. Okay. Wird sie die Feder für mich holen?«

»Auf keinen Fall.«

»Warum nicht?« Ich ließ meinen Blick zu Brontes schweifen.

»Telkhines hassen alle.«

»Oh. Könntest du sie für mich fragen?«

»Nein.«

»Bitte?«

»Nein. Wenn du die Feder willst, musst du selbst durch die Lava gehen, um zu dem Lager zu gelangen.«

Ich öffnete meinen Mund, um mich mit ihm zu streiten, aber Hephaestus Worte kamen mir wieder in den Sinn. Dies war ein Test meines Wertes. Natürlich würde es nicht so einfach sein, jemand anderen zu bitten, es für mich zu tun.

»Gut. Ich werde selbst gehen. Kann ich bitte zuerst das Gold haben?«

»Ja, aber ich glaube immer noch nicht, dass du stark genug bist, es zu tragen.«

»Das werden wir ja sehen, Herr General«, sagte ich finster.

Ich folgte dem riesigen Zyklopen zurück zu der Platte, an der er gearbeitet hatte und er begann, nach etwas zu suchen, wobei er Metallklumpen und Werkzeuge, die ich nicht erkannte, herumschob. Ich bewegte mich unangenehm in der Hitze und wünschte, ich hätte kein verdammtes Kleid getragen. Das enge Mieder war nicht so schlimm und hielt mein Schwert sicher, aber die Röcke klebten in der Feuchtigkeit an meinen Oberschenkeln.

»Hier«, sagte Brontes und drehte sich wieder zu mir um. Er hielt einen kleinen Goldbarren in der Hand, nicht viel größer als ein Schokoriegel.

»Das war's?«

»Ja. Das ist alles, was der mächtige Hephaestus brauchen wird. Das Gold aus seinen Schmieden ist wie kein anderes.«

»Ich weiß deine Hilfe zu schätzen«, sagte ich und streckte die Hand aus, um sie von ihm zu nehmen. Er ließ sich abrupt in die Hocke fallen und ich stolperte fast zurück vor Überraschung, als ein einziges Auge mit mir auf Augenhöhe kam. Er hatte einen Schopf aus dunklem, struppigem Haar und dichte Wimpern.

»Wenn du in der Lava stirbst, möchte ich das Schwert, das du trägst.«

»Was? Erstens, nein. Zweitens, ich werde nicht sterben! Woher weißt du überhaupt, dass ich ein Schwert trage?«

»Ich bin der General der Schmiede. Ich kann es fühlen. Es ist eine feine Sache.«

»Es ist ein schönes Ding«, stimmte ich zu und griff wieder nach dem Gold. »Und es gehört mir. Bitte gib mir das Gold und ich mache mich auf den Weg.«

Brontes legte den Kopf schief, dann übergab er das glänzende Metall.

»Leck mich doch«, keuchte ich, als er ihn mir in die Hand drückte. Es wog eine verdammte Tonne. Ich ließ ihn fast fallen, bevor meine Kraft einsetzte und die Stärke in meinen Armen verstärkte, was meine Haut zum Glühen brachte.

»Hm. Du kannst es tragen«, murmelte Brontes, dann richtete er sich mit einem Nicken auf. »Du wirst wahrscheinlich trotzdem in der Lava sterben.«

»Na, bist du nicht ein verdammter Sonnenschein?« Ich runzelte die Stirn und versuchte, dass unfassbar schwere kleine Metallstück sicher in meinem Mieder zu verstauen. *Ischyros* glühte heiß an meiner ohnehin schon zu heißen Brust und schien jetzt neben dem Gold noch stärker zu brennen.

Brontes sah mich stirnrunzelnd an. »Ich hasse Sonnenschein.«

»Dann ist es ja gut, dass du in einem Vulkan lebst. Wie komme ich zu dem Lager, wenn ich in der Lava bin?«

»Geh einfach runter.«

»Okay. Sollte ich sonst noch etwas wissen?«

»Ich werde mich gut um dein Schwert kümmern, wenn du tot bist.«

»Das ist mein Schwert! Schlag dir das aus dem Kopf und lass ja die Finger davon!«, schnauzte ich, schüttelte dann den Kopf und stapfte zu den in das Innere des Vulkans gehauenen Stufen, die hinunter zum Lavapool führten.

»Scheiße, ist das heiß.« Vor Angst krampfte sich mein Inneres zusammen, als ich über dem Pool stand. Es blubberte und brodelte, meist in einem satten Orange, aber an manchen Stellen glühte es weiß. Ich wusste eigentlich nicht, ob ich das Schwimmen in Lava überleben könnte. Ich wusste, dass ich unsterblich war, da Ares nichts von meiner Kraft hatte. Und ich wusste, dass ich meinen Schutzschild benutzen konnte.

Aber, so ungern ich es auch zugeben wollte, ich *war* eine Baby-Göttin. Ich wusste nicht wirklich, wie ich meine Kraft richtig einsetzen konnte und ich war allein.

Ares kam mir sofort in den Sinn, als ob mein Kopf gegen das Wort *allein* ankämpfen würde. Ich war nicht mehr allein. Ich hatte Ares. Einen Mann, der wie ich dachte, mich verstand, mich liebte. Der nicht wollte, dass ich jemand anderes bin.

Ich holte tief Luft und zog meinen magischen Schild um mich. Das war die einzige Möglichkeit, ihn vor dem Fluch zu retten. Wenn ich für ihn durch die verdammte Lava schwimmen müsste, würde ich es tun.

Mit einem gemurmelten Fluch sprang ich hinein.

SECHS

BELLA

Es ist so heiß, dass ich sterben werde. Ich saugte die nicht vorhandene Luft ein, während ich durch die Hitze zu sinken begann. Der Satz wiederholte sich in meinem Kopf, kein anderer Gedanke konnte ihn verdrängen. *Es ist so heiß, ich dass ich sterben werde.*

Nichts konnte diese Hitze überleben. Ich war am Ersticken, meine Augen brannten, ich sank. Das Gewicht des Goldes zog mich nach unten und meine Beine strampelten nutzlos.

Es ist so heiß, dass ich sterben werde. Es gab nichts anderes in meiner Welt als dieses Inferno. Meine Haut schmolz mir vom Körper, meine Augen tränten so stark, dass ich nichts sehen konnte.

Es ist so heiß, dass ich sterben möchte. Ich konnte es nicht mehr ertragen. Ich war fix und fertig. Die Hitze war unerträglich, es musste aufhören. Ich konnte nicht atmen, ich konnte mich nicht bewegen, ich...

Meine Füße trafen auf etwas Festes. Mein mentaler Singsang brach ab und ich trat instinktiv hart zu. Ich hörte ein schwaches, saugendes Geräusch, dann wurde der Schleim um mich herum weniger und weniger, bis ich durch die Luft fiel. Ich kam polternd auf hartem Felsen zum Stehen und stieß das bisschen Luft, das ich noch in meinen Lungen hatte, aus mir heraus. Ich atmete schwer ein, als ich den Fels unter mir spürte und versuchte, mich zu orientieren.

Das Gestein war warm, aber es brannte nicht.

»Oh, Gott sei Dank.« Ich ließ mich auf den Boden fallen, rollte mich auf den Rücken, drückte mich dankbar an den Felsen und versuchte, meine Atmung zu beruhigen. Meine Augen weiteten sich, als ich den Blick über mir aufnahm. Es war, als ob die Decke aus Glas wäre, eine Barriere zwischen dem Raum, in dem ich mich befand, und der Masse der wogenden Lava.

»Kann ich dir helfen? Bist du verletzt?«

Ich erschrak über die schüchterne Stimme und versuchte, mich aufzusetzen. Das Gold in meinem Mieder beschwerte mich und machte es mir schwer, mich zu bewegen und ich tastete mich ab, um nach Verbrennungen zu suchen. Zu meiner Überraschung konnte ich keine finden.

»Ähm, mir geht es gut«, sagte ich und drehte mich auf den Hintern, um nach dem Besitzer der Stimme zu suchen.

Ein Telkhine, viel kleiner als der, den ich bei Brontes gesehen hatte, stand ein paar Meter von mir entfernt. Riesige Regale füllten den Raum dahinter und das Licht kam von der glühenden Lava über uns und ließ alles orange aussehen.

»Wir bekommen hier unten nicht viele Besucher. Wer hat dich geschickt?«

Es lag keine Aggression in der Stimme der Kreatur, nur Neugierde. Aber Brontes hatte gesagt, dass Telkhines keine Menschen mögen. Ich beschloss, auf Nummer sicherzugehen.

»Hephaestus schickt mich. Ich brauche eine lila Phönixfeder. Weißt du, wo ich eine finden kann?«

Der kleine Telkhine nickte begeistert, sein Gesicht leuchtete.

»Ja, sicher. Die Federn sind meine Favoriten.«

Hoffnung durchströmte mich, als ich die Kreatur ansah. Dieses Ding wollte mich auf keinen Fall verletzen, dachte ich, als ihre seltsamen, mit Schwimmhäuten versehenen Hände zusammenklatschten.

»Wie heißt du?«, fragte ich und kam langsam auf die Beine.

»Mikro. Weil ich klein bin. Ich arbeite im Lager, weil ich zu klein bin, um in der Schmiede zu arbeiten.« Es lag ein Hauch von Traurigkeit in der leicht femininen Stimme.

»Nun, lass mich dir sagen, dass es mir hier unten besser gefällt als dort oben«, sagte ich mit einem Lächeln.

»Wirklich?«

»Ja.« Es war eine Lüge. Es war sogar noch klaustrophobischer mit der Lava, die über unsere Köpfe quoll, als es vorher war und genauso heiß. Als ob es nicht schon schlimm genug wäre, in einem Vulkan zu sein, war ich jetzt auch noch unter einem.

Obwohl selbst das besser war, als in der Lava zu sein. Ich schauderte und schüttelte mich, versuchte, meinen Körper von der Erinnerung an das Versinken durch das flüssige Inferno zu befreien.

»Weißt du, du hast Glück gehabt. Du hättest ewig gebraucht, um nach unten zu kommen, wenn das Gold dich nicht beschwert hätte. Und es ist gut, dass du etwas von Hephaestus gemachtes bei dir hattest, sonst wärst du nie durch die Decke gekommen«, sagte Mikro.

»Wirklich?« Ich nahm an, dass er *Ischyros* und das Gold mit der gleichen Schmiedemagie spüren konnte, die auch Brontes hatte.

»Ja. Wenn du das Schwert nicht gehabt hättest, wärst du einfach auf den Grund gesunken und dortgeblieben.«

Mir wurde bei dem Gedanken ein wenig übel und ich tätschelte das Schwert.

»Danke *Ischyros*. Du hast mir mal wieder den Arsch gerettet«, flüsterte ich.

Mikro strahlte mich an.

»Du machst dein Schwert glücklich und das macht die Schmiede glücklich. Komm mit mir und wir werden eine Feder finden.«

Wir schlängelten uns durch die Regale, während Mikro schnell über seinen Job in den Läden sprach. Ich hörte nur halb zu, mein Körper brummte noch immer vor Adrenalin und füllte sich mit ungeduldiger Hoffnung. Ich war mir vage der riesigen Metallplatten und der fremdartig aussehenden Werkzeuge bewusst, an denen wir vorbeikamen, aber ein Gedanke beherrschte meinen Verstand. Sobald ich die Feder hatte, konnte ich zu Hephaestus zurückkehren. Und dann würde ich Ares einen Schritt näher sein.

»Da wären wir.«

Mikro war zum Stehen gekommen und ich schaute mir die Regale neben uns an. Es war wie beim verdammten magischen Mardi-Gras. Federn jeder Art, die ich mir vorstellen konnte und dann noch einige mehr waren aufgefächert in einem Display aus tanzendem Licht und Farbe.

»Ich kann verstehen, warum sie dein Favorit sind«, hauchte ich erstaunt.

»Ich weiß! Sie sind wunderschön.«

»Das sind sie.« Mein Blick blieb an einer riesigen Pfauenfeder hängen, die sich in türkisfarbenem Licht kräuselte, derselben Farbe, die Zeeva immer aufblitzen ließ.

»Die sind nur für Hera«, sagte Mikro ernst und ich riss meinen Blick davon weg.

»Natürlich. Welche davon sind Phönixfedern?«

Mikro zeigte auf eine Reihe von Federn auf einem der unteren Regale und ich ging in die Hocke und musterte sie. Sie waren so lang wie mein Unterarm, mit weichem Flaum an der Basis und verjüngten sich zu herrlich glatten Kurven an der Spitze. Ich deutete auf eine lilafarbene, die genau den Farbton der Feder auf meinem zerdrückten Helm hatte.

»Ich glaube, das ist die richtige«, sagte ich.

Mikro nickte und holte sie aus dem Regal.

»Dann hier, bitte schön. Kümmer dich weiter um deine Waffen, und sie werden sich um dich kümmern«, zwitscherte er fröhlich, bevor er mir die Feder reichte.

»Das werde ich, und danke.« Aber meine Worte waren verloren, denn in der Sekunde, in der sich meine Finger um die Feder schlossen, wurde ich schon wieder weggeblitzt.

Der Gott der Schmiede stand vor mir, genauso, wie ich ihn zuletzt am Rande des Lavapools gesehen hatte. Er hielt den zertrümmerten Helm in der Hand und hatte die

Andeutung eines Lächelns auf seinem missgestalteten Gesicht.

Ich nickte ehrerbietig, dann zog ich das schwere Gold aus meinem Mieder.

»Ich habe die Feder und das Gold.«

»Gut. Bring sie mir.« Er streckte seine andere Hand aus und ich eilte nach vorne, um sie ihm zu geben. Kraft strömte von ihm aus, und ein Gefühl von ruhigem Stoizismus, das mit meiner eigenen wilden Energie kollidierte.

Der Gott wandte sich von mir ab und humpelte auf die Lavamasse zu. Ich kam ungeduldig näher, als er sich hinhockte. Er flackerte mit einem plötzlichen goldenen Licht und tauchte den Helm, zusammen mit dem Gold und der Feder, in das flüssige Feuer. Ich holte tief Luft, weil ich erwartete, dass er sich seine Hände verbrennen würden, aber er richtete sich auf und hob den Helm in die Höhe.

Er glühte so golden wie der Gott selbst und etwas regte sich tief in meiner Brust, als die Hände des Gottes wuchsen und sich um das Metall schlossen. Hitze, aber innere - die Art von Hitze, die *Ischyros* ausstrahlte - breitete sich in meinem Körper aus, als Hephaestus Licht heller und heller wurde. Gerade als ich dachte, meine Haut könnte tatsächlich Feuer fangen, öffnete er seine riesigen Hände.

Sie bewegten sich schnell und ich sah, dass er das nun geschmeidige Metall formte, ein Ausdruck intensiver Konzentration auf seinem faszinierend missförmigen Gesicht. Innerhalb von Sekunden hatte der Helm wieder die richtige Form und Hephaestus Hände begannen wieder zu schrumpfen. Er streckte einen langen Arm aus, den Helm vorsichtig in den Fingern haltend. Ich nahm ihn und sofort durchströmte mich ein warmes Kribbeln der Macht. Er fühlte sich genauso wie *Ischyros* an, der mit Hitze gegen meine Brust flammte, wo er sicher verstaut war.

»Danke.« Meine Stimme klang fast ehrfürchtig. »Ich werde mich dessen würdig erweisen, das schwöre ich.«

»Gut. Und jetzt geh.«

Das musste ich mir nicht zweimal sagen lassen. Ich hatte einen schönen, wilden Gott zu retten.

SIEBEN

ARES

»Warum tust du das?«

Ich wusste, dass meine gebrüllte Frage keine Antwort erhalten würde. Und ich wusste, dass mein Schmerz Aphrodite nur noch mehr Vergnügen bereiten würde. Aber ich konnte die Qualen nicht länger ertragen.

Als ich an Aphrodite dachte, klärte sich mein Kopf und die Wut, die durch meine Adern floss, richtete sich ausschließlich gegen sie. Ich wusste, was sie getan hatte. Ich wusste, sie hatte mir etwas weggenommen. Etwas, das mir wichtiger war als alles andere. Aber in der Sekunde, in der ich mich darauf konzentrierte, was das war, kochte die Wut über, nicht mehr auf die Göttin der Liebe gerichtet, sondern auf *alles*.

Ich wollte alles töten. Ich wollte kämpfen, verstümmeln, der Welt beweisen, dass der Gott des Krieges nicht zu schlagen oder zu besiegen war, dass ich das stärkste lebende Wesen war. Der rote Nebel würde herabsteigen und dann... Dann würde ich wieder zu mir kommen, viel später, mein Körper gebrochen und blutend. Ich konnte mich in meinem wütenden Dunst nicht an den Grund erinnern, aber ich hatte keine Kraft. Keine göttliche Kraft, nur die eines gut bemuskelten Menschen. Und ich konnte sehen, dass ich dem Wald um mich herum nicht gewachsen war.

Nach dem ersten Blackout hatte ich gefolgert, dass ich meine Wut an einem Baum ausgelassen hatte, die aufgerissene Haut und das Blut überall auf der Rinde und die Wunden an meinen Händen und nackten Füßen waren mein Beweis.

Nach dem zweiten fand ich einen toten Wolf zu meinen Füßen, dessen Kehle herausgerissen war. Tiefe Risswunden, eindeutig von Zähnen verursacht, bedeckten meine Handgelenke und Hände, wo meine Rüstung nicht hingereicht hat.

Beim dritten Mal wusste ich, dass die Knochen in meiner rechten Hand gebrochen waren. Durch den Schmerz drehten sich mein Kopf und mein Magen.

Beim vierten war mein linker Knöchel gebrochen, und der Knochen ragte aus der Haut.

Jedes Mal, wenn die Wut die Oberhand gewann, litt mein Körper mehr. Bald würde ich nicht mehr in der Lage sein, zu stehen oder meine Hände zu benutzen. Aber ich wusste, dass ich es immer noch versuchen würde, wenn sich der Blutrausch gelegt hatte.

Ich nahm einen rasselnden Atemzug und versuchte, das Bild von Aphrodite in meinem Kopf zu halten und das Abgleiten meiner Gedanken zu dem, was auch immer es war, dass sie mir genommen hatte, zu stoppen. Was auch immer es war, dass ich so dringend brauchte, dass mein Herz pochen und die Trommeln schlagen ließ. Ein Bild einer Frau, wild und stolz und goldglänzend, erfüllte plötzlich meinen Geist und ich schrie auf, als sich meine gebrochene Hand zu einer Faust schloss und Qualen meinen Arm hinaufschossen. Ich stieß mich vom Waldboden ab, bevor ich mich selbst aufhalten konnte. Rot senkte sich über meine Vision und färbte den kahlen Wald in den Farbton von Blut.

Tod. Tod für alle und Sieg für Ares. Es gab keinen anderen Weg.

»Ares!«

Ich drehte mich, bereit zu töten, bereit zu gewinnen. Mein Schmerz war weg und ich war bereit. *Bereit für den Krieg.*

»Oh Gott, Ares.« Die Stimme brach und eine Gestalt stürzte aus dem Unterholz. Ich stolperte, dann blieb ich stehen. Einen Moment lang dachte ich, mein Herz hätte auch aufgehört zu schlagen.

Bella.

Es war Bella.

Sie trug einen goldenen Helm, was bedeutete, dass ich nur ihre Augen sehen konnte, aber ich war sicher, dass sie es war. Erinnerungen an die Frau, die vor mir stand, purzelten durch meinen Geist und für eine Sekunde reiner Glückseligkeit erinnerte ich mich. Ich verliebte mich von Neuem in sie.

Aber dann strömte wieder Feuer durch mich, eine Dunkelheit füllte meine Adern wie Säure.

Gewinnen! Gewinnen! Sie hat deine Kraft, nimm sie! Gewinnen!

Die Stimme war ohrenbetäubend, ich streckte die Hand aus und die Schnur, die uns verband, blühte wieder auf. Ich zog, stark. Das war es, was ich brauchte. Ich brauchte meine Kraft. Dann würde ich wieder ganz sein. Dann würde ich wieder stark sein. *Zeus würde mich wieder respektieren.*

Ich brauchte meine Kraft zurück.

Aber es kam keine.

»Ares, was hast du mit dir gemacht?« Die Stimme der Frau war erstickt und ich konnte sehen, wie der Schmerz ihre Augen erfüllte.

»Gib mir meine Kraft!«, brüllte ich und ignorierte den kratzenden Schmerz in meiner Kehle. Ich machte einen Schritt auf sie zu, aber mein Bein gab nach. Ich war mir des Gefühls in meiner unteren Hälfte und des Schreis der Frau bewusst, aber das machte mich nur noch wütender. »Dieser verfluchte Körper! Gib mir meine Kraft, sofort!« Verzweiflung durchströmte mich und brachte mich gefährlich nahe an die Angst. *Warum konnte ich ihre Kraft nicht erreichen?*

»Ares, bitte. Ich kann es nicht ertragen, dich so zu sehen. Bitte, lass mich dir helfen.«

»Niemals! Ich lasse mir von niemandem helfen!«

Sie bewegte sich auf mich zu und ich holte aus. Ich verfehlte sie. Noch mehr Zorn schwoll in mir an, ohnmächtige Wut ließ meine Sicht trüben. Ich war Ares, der olympische Kriegsgott. Ich hatte vor nichts Angst.

»Du hast gesagt, wir würden uns gegenseitig helfen. Du hast gesagt, du liebst mich.« Die Wut setzte für eine Sekunde aus und ich versuchte, mich auf sie zu konzentrieren, aber mein anderes Bein gab nach. »Ares, du musst wissen, dass ich dich auch liebe. Ich fühle dasselbe. Ich liebe dich.«

Fast so, als hätte ich einen Schlag auf den Kopf bekommen, fiel ich rückwärts. Meine Rüstung schlug auf die modrige Erde, mein gebrochener Körper prellte dagegen, aber ich bemerkte es nicht. Die Worte der Frau hallten in meinem Kopf wider, als alles um mich herum verblasste.

Ich liebe dich.

Niemand liebte mich. Meine Untertanen verehrten mich, die Götter respektierten mich, aber niemand liebte mich.

»Warum?« Ich hörte, wie das Wort meine eigenen Lippen verließ, während meine Vision verschwamm, und leuchtendes Gold bewegte sich verschwommen über die Oberseite meines ausgestreckten Körpers.

»Weil du stark, stolz und gut bist. Du bist wild und großartig und du bist mein. Mein, Ares. Und ich gehöre dir.« Intensive Emotionen erfüllten ihre Stimme und ich wusste, dass ihre Worte wahr waren. Ich wusste es so sicher, wie ich wusste, dass ich sterben würde. »Ich liebe dich.«

Die Schnur, die uns verband, brannte auf einmal weißglühend und ich hörte sie aufschreien.

»Bella!« Die Sorge um sie überwältigte alles andere. Der rote Nebel verflüchtigte sich augenblicklich, die giftige Wut, die mich erfüllte, löste sich in Nichts auf.

»Ares! Ares, ich muss dich heilen.« Ihre Stimme war sowohl erleichtert als auch verzweifelt und meine Sicht klärte sich lange genug, dass ich sehen konnte, wie sie ihren Helm von ihrem schönen Gesicht abhob. Tränen liefen über ihre Wangen und sie legte ihre kühlen Hände auf meine brennende Haut.

Dann verschwand ihr Gesicht in der Schwärze.

ACHT

BELLA

»Bitte, bitte, bitte heile.« Mir wurde übel, als ich auf Ares zerkratztes, blasses Gesicht hinunterstarrte. Jedes Stück Haut, das seine Rüstung nicht bedeckte, war ruiniert, zerrissen und blutig. Eine seiner Hände war eindeutig gebrochen, die Knochen standen in einem ekelerregenden Winkel, sein linker Knöchel war praktisch in zwei Hälften gespalten und Blut strömt in erschreckender Menge aus der Wunde.

Ich wusste, dass es ein Risiko war, den Helm abzunehmen. Wenn der Fluch noch vorhanden war, konnte er kommen und mir die Kraft entziehen. Aber er hatte bereits so viel Blut verloren, dass es klar war, dass er sterben würde, wenn ich noch einen Moment länger wartete. Er hatte keine Kraft, keine Unsterblichkeit und keine Fähigkeit, sich selbst zu heilen, solange ich den Helm trug.

Er hatte mich erkannt, bevor er ohnmächtig geworden war. Ich hatte es in der Art gehört, wie er meinen Namen gerufen hatte, hatte ein Flackern des Erkennens in seinen unscharfen Augen gesehen.

»Bitte heile«, sagte ich wieder, heiße Tränen liefen über meine Haut. »Und bitte erinnere dich an mich. Glaub mir. Ich liebe dich.«

»Oh, seid ihr zwei nicht süß?«

Bei der zuckersüßen Stimme, von der ich wusste, dass sie Aphrodite gehörte, riss ich den Kopf herum. Mein Instinkt war, aufzuspringen, mein Schwert zu ziehen und der Schlampe den Kopf vom Hals zu reißen. Aber ich konnte meine Hände nicht von Ares nehmen. Er brauchte mich. Er konnte mir meine Kraft nicht entziehen; ich musste sie in ihn einfließen lassen.

Die Göttin der Liebe machte einen Schritt auf uns zu. Sie war ein wahrer Leuchtfeuer der Schönheit und des Lichts in diesem tristen, verblassten Wald.

»Verpiss dich, Aphrodite. Wenn er stirbt, werde ich dich finden und dir ein Ende bereiten.«

Sie schenkte mir ein selbstgefälliges Lächeln.

»Wenn die allmächtige Göttin des Chaos mich nicht besiegen kann, bezweifle ich stark, dass es einer Baby-Göttin wie dir besser ergehen wird.« Angst packte mich.

»Du hast gegen Eris gekämpft?« Ihr Lächeln wurde breiter.

»Ich habe Eris überlistet«, flüsterte sie. Ihre Stimme war lyrisch, sinnlich, fesselnd. Ich zog meine schützenden Mauern um meinen Verstand herum auf. Ich konnte den Helm nicht wieder aufsetzen; Ares brauchte meine Kraft.

»Wo ist sie?«

»Als ob ich dir das sagen würde. Sagen wir einfach, es wird eine lange, lange Zeit dauern, bis sie den Weg zurück nach Hause findet.«

Die Ränder meiner Vision färbten sich rot. Eris

mochte eine kolossale Nervensäge sein, aber ich hatte sie auf unerklärliche Weise liebgewonnen. Sie hatte uns geholfen. Und ich glaubte, dass sie sich mehr um ihren Bruder sorgte, als sie zugab. »Was ist mit dir passiert, dass du so grausam geworden bist?«

Aphrodites Augen verdunkelten sich.

»Es gibt nichts Grausameres als Liebe, Bella. Ich bin verantwortlich für das intensivste Gefühl der Glückseligkeit, das ein Mensch empfinden kann. Liebe. Es gibt nichts Vergleichbares. Aber alles existiert im Gleichgewicht.« Ein bitterer Blick ging über ihre ätherischen Züge. »Ich wurde mit der Fähigkeit geboren, mehr Schmerz zu verursachen als jeder andere lebende Gott.«

»Das heißt aber nicht, dass du das tun solltest!«

Sie richtete sich abrupt auf.

»Meine Beweggründe gehen dich nichts an, kleines Mädchen.«

»Warum bist du hier?« Die Anspannung ließ meine Muskeln schmerzen und die Angst baute sich in Wellen auf, die mich überrollten. Um sie zu bekämpfen, würde ich Ares loslassen müssen. Und das könnte ihn umbringen. Ich konnte nicht loslassen.

Aber ich würde ganz sicher nicht kampflos aufgeben. Vorsichtig stellte ich mir den Pferdeschild vor, der eine schützende Kuppel um uns bilden sollte, die sie hoffentlich nicht sehen würde.

»Bella, ich bin uralt. Ich kann deine erbärmliche Magie spüren.« Sie gluckste.

Ich knurrte und hielt den magischen Schutzschild hoch. Sie wäre nicht die Erste, die mich unterschätzt und es bereut.

»Was willst du?«

»Mich verabschieden.« Ihre Stimme war leise und trug eine tödliche Gefahr in sich. »Von Ares.«

Die Angst durchfuhr mich, die Wut nahm überhand und fütterte meine Kraft wie Raketentreibstoff. Die Kuppel um uns herum ging in Flammen auf und Aphrodite stolperte.

»Du wirst ihn mir nicht wegnehmen!«, schrie ich.

Ich konnte nur ihre Silhouette durch die flammende Kuppel um uns herum sehen, aber ihre Stimme war klar: »Ich bin genauso an meine Macht gebunden wie jeder andere Gott. Du liebst ihn aufrichtig und ich kann mich nicht einmischen. Aber glaub mir, wenn ich dir sage, Bella, ich werde nicht aufhören, bis ihr beide tot seid.«

Die Flammen sprangen in die Höhe und wuchsen immer weiter. Mit Gebrüll stieß ich so viel Kraft, wie ich von Ares entbehren konnte, in die Kuppel. Der Knall war so laut, dass der Schmerz durch meinen Schädel fuhr. Alles um uns herum leuchtete weiß auf, als die Flammen unvorstellbar heiß wurden und wie eine nukleare Explosion ausbrachen.

»Das nächste Mal entkommst du mir nicht, kleines Mädchen.« Ihre Stimme ertönte im Nachklang des Knalls, aber bevor ich ihr antworten konnte, spürte ich, wie sich Ares unter mir regte. Hitze strömte durch meine Handflächen. Ich sah zu ihm auf, Hoffnung und Erleichterung und eine Million anderer Gefühle erfüllten meine Brust.

»Bella.« Die Schnur, die unsere Kräfte verband, flammte auf und ich spürte das Ziehen in meinem Bauch.

»Ares, nimm sie, nimm meine Kraft. Heile dich selbst.« Meine Stimme kam als Schluchzen heraus. Er war am Leben. Er hatte meinen Namen ausgesprochen.

»Bella«, sagte er wieder, die Augen immer noch

geschlossen. Das Ziehen wurde stärker und ich blickte von seinem Gesicht weg zu seinem Knöchel. Das Blut hatte aufgehört zu fließen.

Die Reflexionen des Infernos um uns herum tanzten auf seiner goldenen Rüstung und ich neigte meinen Kopf zurück und versuchte, meine Tränen zu unterdrücken.

»Aphrodite?«, schrie ich. Aber ich wusste, dass sie weg war. Etwas berührte meine Hand, die an Ares Gesicht klebte und ich keuchte und sah wieder nach unten.

Ares Handfläche lag über meinen Fingern, die Knochen waren wieder gerade. Seine Augen waren auf mein Gesicht fixiert und für eine herzzerreißende Sekunde starrte er mich einfach an. Angst, dass der Fluch nicht gebrochen war, brodelte in mir auf, mein Atem wurde kurz. Doch dann sprach er.

»Mein.«

Und ich wusste, dass er nicht von der Magie sprach. Intensive, tiefempfundene Anbetung überzog sein Gesicht, als er mich anstarrte. Er redete von mir.

Ich gehörte ihm.

NEUN

BELLA

»Ich dachte, ich würde dich verlieren«, hauchte ich und packte sein Gesicht fester.

»Niemals. Ich werde dich nie verlieren und du wirst mich nie verlieren.« Seine Stimme wurde stärker und der Zug an meiner Kraft war jetzt beständig.

»Du warst so... verletzt.« Ein Kloß von der Größe eines Golfballs schien sich in meiner Kehle festgesetzt zu haben. »Ich konnte es nicht ertragen, dich so zu sehen.«

Scham überzog seine Züge, aber seine Augen lösten sich nur für den Bruchteil einer Sekunde von meinen.

»Es tut mir wirklich leid, dass du mich so gesehen hast. Ich... ich weiß, dass ich versucht habe, dich zu töten.« Er sah angewidert aus.

»Nein, du verstehst mich falsch«, sagte ich ihm. »Ich meinte, deinen Körper gebrochen zu sehen, das Leben, das dich verlässt. Ich konnte es nicht ertragen, dich *so* zu sehen.«

Ares schönes Gesicht verzog sich vor Verwirrung.

»Aber was ist mit dem Blutrausch? Der zornigen, wilden Wut?«

Ich schenkte ihm ein kleines Lächeln, während ich mit den Schultern zuckte.

»Ich wusste vom ersten Tag an, dass das in dir steckt. Es ist deine Fähigkeit, es zu kontrollieren, die mich dich so sehr bewundern lässt.«

Die Verwirrung wich aus seinem Gesicht und wurde durch Verwunderung ersetzt.

»Ich habe noch nie jemanden wie dich kennengelernt «, flüsterte er mir zu.

»Dito«, sagte ich ihm.

»All diese Jahre...« Er brach ab, Angst flackerte in seinen Augen auf.

»Was? Was meinst du?« Jetzt war ich an der Reihe, die Stirn zu runzeln.

»Nur, dass ich wünschte, wir hätten uns früher gefunden.« Meine Schultern entspannten sich.

»Wir haben uns jetzt gefunden und das ist das, was zählt.«

»Aphrodite wird uns das Leben nicht leicht machen«, sagte er und versuchte, sich aufzusetzen. Widerstrebend löste ich meinen Griff um sein Gesicht und half ihm, seine Schultern hochzuziehen. Er war fast so blass wie eine Leiche und die Farbe wich wieder aus seinem Gesicht, aber er gab nicht auf zu kämpfen. Seine Kinnlade fiel herunter, als er sich umsah.

Wir saßen in einer Art Krater, der Rest des Waldes brannte und knisterte sanft um uns herum.

»Was ist passiert?«

»Ich, ähm, habe eine Explosion verursacht. Um zu versuchen, Aphrodite davon abzuhalten, dich zu töten.« Ares blinzelte mich an und ich zuckte wieder mit den Schultern. »Ich glaube, es hat funktioniert.« Mein Lächeln verrutschte, als die Erinnerung an ihre Worte wieder auf mich einprasselten. »Sie hat mit Eris gekämpft und sie sagte, sie hat gewonnen. Sie sagte, dass es lange dauern wird, bis Eris ihren Weg nach Hause findet.«

Zorn ging über das Gesicht des Gottes, aber er schmolz dahin, als er meine Hand in seine nahm.

»Eris ist stark. Wir werden ihr helfen, wenn wir können, aber erst nachdem wir beendet haben, was wir angefangen haben.«

» Die Ares Tribunale«, sagte ich leise.

»Wenn wir erst einmal von diesen abscheulichen Spielen befreit sind, können wir ...« Er beendete den Satz nicht, stattdessen ging ein gequälter Blick über sein Gesicht.

»Ich bin nicht in Joshua verliebt«, sagte ich überstürzt, weil ich plötzlich Angst hatte, dass er denken könnte, ich würde ihn verlassen, wenn wir meinen Freund retteten.

»Ich weiß. Du liebst mich. Ich fühle es.« Wärme erfüllte meinen ganzen Körper, als er mich anschaute. »Aber wir müssen die Tribunale beenden.« Ich nickte.

»Ja. Ich kann Joshua nicht als seelenloses Opfer eines abtrünnigen Dämons zurücklassen - er ist mein Freund. Und wir müssen dir den Dreizack besorgen.«

»Bella, ich... Ich muss dir viele Dinge sagen.«

Ich nickte wieder. »Ich weiß. Ich habe deine Mutter gesehen.« Er versteifte sich.

»Was? Was hat sie dir erzählt?«

»Dass wir miteinander verbunden sind, aber nicht durch sie. Dass ich Erinnerungen verloren habe und dass die Prophezeiung ihr nicht erlaubt, mir mehr zu sagen. Dass sie dich liebt.« Ares schloss seine Augen. Ein Baum in der Nähe knackte, als er den Kampf mit den Flammen verlor und verursachte einen lauten Knall, als das Holz auf die Erde schlug.

»Bella, ich möchte, dass du mir vertraust. Du musst warten, bis die Tribunale abgeschlossen sind, bevor ich dir sage, was du wissen willst.«

»Warum?« Er öffnete seine Augen und schaute intensiv in meine.

»Denn wenn wir die Tribunale nicht bestehen, wird einer von uns sicher sterben. Nur einer von uns kann unsterblich sein.«

»Was hat das damit zu tun, dass du mir von meiner Vergangenheit erzählst?« Befürchtungen durchzuckten mich, mein Magen knurrte.

»Bitte, Bella. Vertrau mir.« Es klang, als würden ihn die Worte schmerzen und ich war mir sicher, dass ich in seinem angespannten Gesichtsausdruck Schuldgefühle erkennen konnte.

Aber, ich vertraute ihm. Ich konnte es nicht ändern.

»Du machst mich nervös«, sagte ich ihm. »Ist es wirklich schlimm? Was auch immer es ist, was du mir nicht sagen willst?«

Es war definitiv schuld auf seinem Gesicht.

»Es ist... nicht gut. Es wird einige Zeit dauern, bis wir es verstehen. Zeit und Konzentration, die wir nicht entbehren können, bis die Tribunale vorbei sind, der Dämon zu Hades zurückgebracht wurde und dein Freund in Sicherheit ist.«

Ich dachte über seine Worte nach. Er log nicht und beschönigte nichts, was mein Vertrauen in ihn stärkte, obwohl es mein Gefühl der Angst verschlimmerte. Er war praktisch, wie es seiner Natur entsprach.

Zum ersten Mal seit meiner Ankunft im Olymp dachte ich darüber nach, wie es wäre, *nicht zu erfahren,* woher ich kam, oder warum ich so viele elende Jahre fern von Ares und Olymp gelebt hatte. Wenn es so schlimm war, wie es sich anhörte, würde ich es vielleicht lieber nicht wissen wollen.

So oder so, Ares hatte mit einer Sache recht. Dafür zu sorgen, dass Joshua in Sicherheit war und seine Kraft und Unsterblichkeit wiederzuerlangen, war dringender. Ich wusste, wie wichtig Denkweise und Konzentration in einem Kampf waren. Seine Worte schossen mir durch den Kopf. *»Wenn wir die Tribunale nicht bestehen, wird einer von uns sicher sterben.«* Ich hatte so lange überlebt, ohne zu wissen, was es war, dass er mir nicht sagen wollte. Das Wissen war es nicht wert, unser Leben zu riskieren, oder das von Joshua.

»Okay. Wir machen den Königen des Schreckens die Hölle heiß, indem wir die Tribunale gewinnen, und dann erzählst du mir alles.«

Ein Lächeln zog sich langsam über Ares Lippen, als er einen Seufzer der Erleichterung ausstieß.

»Weißt du, du fluchst zu viel.«

»Das hat man mir gesagt.«

Ein Schatten bewegte sich hinter Ares und ich sprang auf, bevor ich Dentros Gestalt erkannte.

»Ich muss ehrlich sein, Wilde, ich habe mich schon darauf gefreut, diesen verfluchten Wald selbst zu zerstören«, sagte der Drache.

»Tut mir leid, Dentro. Es war eine Art Unfall.«

»Du hast gründliche Arbeit geleistet.« Ich grinste ihn an.

»Danke.«

»Ich wollte dich aber warnen, König Panik ist ganz

und gar nicht erfreut. Und viele der früheren Bewohner des Waldes auch nicht. Ich würde raten, Skotadi mit einiger Eile zu verlassen.« Ich sah Ares an.

»Bist du stark genug, um uns von hier wegzubringen?«

»Ja. Ich glaube schon.«

»Danke für alles, Dentro«, sagte ich, stand auf und streckte meine Hand aus. Langsam glitt der Drache über den verkohlten Boden. Sein massiver Körper schien die brennende Glut abzustoßen. Er blieb stehen, als er mich erreichte und senkte seinen Kopf, bis er gegen meine Handfläche stieß. Ein Gefühl von friedlicher Zufriedenheit durchströmte meinen ganzen Körper.

»Ich bin es, der sich bei dir bedanken muss. Ruf nach mir, wenn du mich brauchst.«

ZEHN

BELLA

Uns magisch fortzubewegen hatte Ares komplett die Kraft entzogen und ich war so damit beschäftigt, seinen Sturz zu bremsen, als er auf die Knie fiel, dass ich nicht einmal registrierte, wo wir waren.

»Ares!«

»Mir geht's gut«, lallte er, dann verdrehte er die Augen und er fiel wieder ohnmächtig zu Boden. Er rutschte an meinem Körper herunter, wobei sein riesiges Gewicht mich fast zu Boden mitnahm.

»Scheiße«, fluchte ich und versuchte, ihn sanft auf den Boden abzulegen. Er hatte ein wenig Farbe in den Wangen und seine Wunden waren verheilt, also wusste ich, dass es nur Erschöpfung war, die ihn dieses Mal mitgenommen hatte, aber ein kleiner Anflug von Panik durchströmte mich trotzdem.

Ich bemerkte den Boden, als ich seinen Kopf vorsichtig hinlegte; ein reiches, glänzendes Holz. Planken... Ich blickte scharf auf und musterte meine Umgebung. Ich befand mich auf dem Deck eines Schiffes, dessen glänzende Sonnensegel sich von einem weichen, bewölkten Himmel abhoben. Ich riss *Ischyros* aus meinem Mieder, die Klinge schimmerte und verwandelte sich sofort.

War etwas mit dem Zauber von Ares schiefgegangen? Hatte uns jemand anderes zurück zum Schiff des Dämons transportiert?

Aber als ich mich vorsichtig auf der Stelle umdrehte, wurde mir klar, dass ich mich definitiv *nicht* auf dem Schiff des Dämons befand. Dieses Schiff hatte nur ein erhöhtes Achterdeck und war viel kleiner. Die Front bildete eine scharfe dreieckige Spitze, fast wie ein Wikingerschiff. Das Deck war aus einem reichhaltigeren, dunkleren Holz und die Verkleidungen über der Tür, die ich aus drei Metern Entfernung sehen konnte, schimmerten golden. Als ich näher hinsah, sah ich Bilder von Waffen, die in einen der beiden Masten geschnitzt waren. Das Schiff strahlte irgendwie eine arrogante Opulenz aus.

»Das ist also das geheime Zuhause des Kriegsgottes?«

Zeevas Stimme erschreckte mich nicht, ein sicheres Zeichen dafür, dass ich mich an ihr plötzliches Auftauchen gewöhnt hatte.

»Geheimes Zuhause?«

»Alle Götter haben ihre öffentlichen Paläste und die Orte, an denen sie ihre Zeit am liebsten verbringen. Letztere werden normalerweise geheim gehalten.« Eine Bewegung erregte meine Aufmerksamkeit und ich schaute hinüber, um zu sehen, wie sie auf die Reling zu schlenderte. Ich ging zu ihr und schaute über die Seite des Schiffes hinunter.

»Das ist verdammt geil«, hauchte ich.

Unter uns, unter den Wolken, lag eine Insel, die wie ein Flickenteppich aus kleinen Welten aussah. Eine Dschungelstadt breitete sich über die südöstlichen

Klippen aus und ich konnte sandgefüllte Wüsten sehen, eingebettet zwischen ausgedehnten Moorlandschaften und schneebedeckten Bergketten. Ein farbloser Wald mit einem geschwärzten Zentrum stach mir ins Auge.

»Skotadi«, erkannte ich. »Das ist das Reich von Ares.«

»Ja.«

»Es ist atemberaubend.«

»*Es ist tödlich*«, antwortete die Katze mit einem Augenzwinkern.

Ich hatte plötzlich das Gefühl, dass ich diesen Moment mit Ares teilen sollte und wandte mich ab, um wieder zu ihm zu gehen. Ich wollte auf eine Führung durch den Gott selbst warten.

»Ich muss es ihm bequem machen. Er muss sich ausruhen.«

Unter Aufbietung meiner magischen Kräfte gelang es mir, Ares hochzuheben und eine kleine Treppe hinunterzubringen.

»Scheiße, ist deine Rüstung schwer«, sagte ich zu dem schlafenden Gott. Ich trat in einen holzgetäfelten Korridor mit massiven Doppeltüren ganz am Ende. Sie waren groß genug, dass ich mir sicher war, dass sich dahinter ein schöner Raum befinden würde, also ging ich in diese Richtung.

Ich hatte recht. Das Zimmer war mehr als schön. Es war episch.

Säulen aus Mahagoniregalen säumten die Wände wie Rippen und zwischen jeder einzelnen war Glas, vom Boden bis zur Decke. Glitzernde Wolken schwebten zu beiden Seiten an uns vorbei. Ein roter Plüschteppich beherrschte den Raum, flankiert von zwei riesigen schwarzen Ledersofas. Ich trug Ares zu einem davon und setzte ihn vorsichtig ab, bevor ich mich drehte, um den

Raum genauer zu betrachten. Gegenüber der Tür, durch die ich gekommen war, befand sich eine weitere massive Doppeltür und auf beiden Seiten standen Schränke voller Waffen. Ein glühender Speer, ein Bogen, der mit etwas schimmerndem Gold bespannt war, ein Kriegshammer mit Ätzungen, die sich sogar bewegten, als ich hinsah.

Die Regale, die die Glasseiten des Schiffes kreuzten, waren mit Büchern, seltsamen kleinen Artefakten und vielen verschiedenen Flaschen bedeckt.

»Zeeva, was davon ist Nektar?« Ich wusste, wie sehr mir das Zeug geholfen hatte, als ich ausgelaugt gewesen war.

»Hinter dir. Drittes Regal.«

Es war Ares Stimme, die mir geantwortet hatte und ich wirbelte zu ihm, wobei mein Herz einen Schlag aussetzte.

»Du bist wach!«

»Das bin ich.«

»Gut. Wo zum Teufel sind wir?«

Er setzte sich auf und sah groggy aus.

»Hier wohne ich.«

»Du hast gesagt, du magst Schiffe; du hast nicht gesagt, dass du auf einem lebst!« Ich ging zu dem Regal, auf das er hingewiesen hatte und fand den Nektar und eine Reihe von Gläsern auf dem Regal darunter.

»Dieses Schiff fährt nicht sehr weit. Ich habe hier die beste Aussicht des Olymps.«

»Das habe ich gesehen. Kannst du mir sagen, was die verschiedenen Königreiche sind?« Ich konnte die Aufregung nicht aus meiner Stimme halten, als ich mich wieder zu ihm umdrehte, zwei gefüllte Gläser in den Händen.

»Natürlich kann ich das.« Er lächelte mich an. »Ich habe dich noch nie so gesehen.«

Ich runzelte die Stirn, als ich mich neben ihn setzte und ihm seinen Drink reichte.

»Ist das gut oder schlecht?«

»Es ist gut. Sehr, sehr gut sogar. Ich hatte vergessen, wie sich Freude und Aufregung anfühlen. Bis du in mein Leben kamst.«

Ich fühlte, wie sich meine Wangen erhitzten und das Glück ließ meinen Magen einen Salto schlagen. Der Mann hatte überhaupt keinen Filter für seine Gedanken und es schien, dass das auch die schnulzigen einschloss.

»Nun, Gott sei Dank, denn nicht jeder weiß meinen Enthusiasmus zu schätzen. In der Vergangenheit hat man mich schon als nervig hyperaktiv bezeichnet.«

»Jeder, der dich beleidigt hat, ist ein Arschloch.«

Ich bellte ein Lachen.

»Hey! Das ist mein Wort. Du darfst es nicht benutzen.«

»Es gefällt mir inzwischen ganz gut.«

»Du gefällst mir inzwischen ganz gut«, sagte ich spielerisch und kam mir dann sofort dumm vor. Ares war der Gott des Krieges, ein Riese von einem Mann, eine verdammte Legende. Wie konnte man mit einem Gott flirten?

»Einfach *so*? Vielleicht gibt es etwas, was ich tun kann, um meine Attraktivität ein oder zwei Stufen zu erhöhen.« Hunger schimmerte in seinen nun klaren Augen und ich schluckte. Es sah so aus, als würde normales Flirten bei diesem Gott gut funktionieren.

Ares leerte sein Glas mit Nektar, der hinterhältige Schimmer war noch immer in seinen Augen. »Komm«, sagte er, stand auf und streckte mir seine Hand entgegen.

Ich nahm sie und erwartete, dass er mich durch die geschlossenen Doppeltüren führen würde, aber stattdessen ging er durch die Türen, durch die wir gekommen waren. Ich drehte meinen Kopf und sah Zeevas Blick.

»Ich lasse euch beide allein«, sagte sie mit einem Hauch von Belustigung in der Stimme.

Ein paar Minuten später tauchten wir auf dem Deck auf und Ares hielt inne und atmete tief ein. Dann zog er mich an die Reling und schaute zwischen der Insel unter ihm und mir hin und her.

»Mein Reich, meine Frau«, sagte er, sein Gesichtsausdruck war konzentriert. In der Ferne schlug eine Trommel. *Meine Frau.* Ich war seine Frau.

»Es geht dir also besser?«, sagte ich, wobei meine Stimme ein wenig atemlos klang. Eine Flamme loderte in seinen Augen auf.

»Mit deiner Kraft, die durch meinen Körper fließt, fühle ich mich unbesiegbar. Mit dir habe ich das Gefühl, dass ich alles tun kann.«

Weitere Flammen tanzten in seinen Augen zum Leben und die Trommel schlug wieder. Er griff sich an die Seite und mit ein paar geübten Bewegungen fiel seine Rüstung klappernd auf die Planken. Sein Hemd darunter war zerrissen und blutig und seine Hose saß locker in der Taille. Ich blickte auf sein verfilztes Haar und seine grimmigen Augen. Er sah aus, als wäre er durch die Hölle geschleift worden. *Und hatte überlebt.* Noch nie hatte ich mich so sehr zu jemandem hingezogen gefühlt.

Hitze durchflutete mein Inneres. Ein Schmerz baute sich augenblicklich auf, und all das Feuer und die Leidenschaft und die Intensität aus dem Schloss rauschten zurück in meinen Unterkörper wie eine Flutwelle. Er machte einen Schritt auf mich zu.

»Du hast meine Welt auf den Kopf gestellt. Du hast mich alles in Frage stellen lassen, was ich zu wissen glaubte. Du hast mir neue Feinde bereitet. Und du hast mir einen Grund zum *Leben* gegeben.«

Die Trommeln schlugen härter und lauter, und mein Herz hämmerte im Takt mit ihnen. Mein Puls raste, als ich in seine flammenden Augen starrte; seine Macht, seine Stärke, seine schiere Präsenz beherrschte mich vollkommen. Ich gehörte ihm. Vollkommen und für immer. Nie hatte ich etwas mehr gebraucht als ihn.

»Du bist alles, was ich brauche«, raunte er mit vor Verlangen erstickter Stimme, dann war er da, seine Arme um mich gelegt und seine Lippen auf meine gepresst. Er küsste mich mit fast rasender Intensität und ich tat es ihm gleich. Mein Bedürfnis war genauso stark wie das seine. Seine Hände waren in meinen Haaren und zogen mein Gesicht zu seinem, aber meine wanderten sofort zu seiner Brust und schoben sich zwischen uns. Ich war verzweifelt danach, seine heiße Haut an meiner zu spüren, zu glauben, dass dies wirklich passierte.

Er trat atemlos zurück und zog sein Hemd über den Kopf, während ich mit meinen Nägeln über seine steinharten Bauchmuskeln fuhr. Ich biss mir auf die Lippe, als er seine Daumen in den Bund seiner Hose einhakte und drückte.

»Heilige Scheiße.« Ich hatte die Worte tatsächlich laut ausgesprochen, obwohl ich es nicht beabsichtigt hatte. Die Perfektion des glitzernden Himmels des Olymps und der goldenen Sonnensegel des Schiffes verblasste in der Gegenwart von Ares Nacktheit. Er war perfekt. Seine Erektion war lang und so hart.

Er knurrte tief in seiner Kehle, dann zog er mich an sich, wobei seine Finger versuchten, mein Korsett zu lösen. Ehe ich mich eines Besseren besinnen konnte, hatten meine Finger nach seiner Männlichkeit gegriffen und ich keuchte, als er sich anspannte. Meine Hand konnte sich nicht um den Umfang seiner Erektion schließen.

»Lass das Kleid«, keuchte ich, ließ von ihm ab und zog die Röcke um meine Taille in die Höhe. Ich würde nicht einen verdammten Moment länger warten.

Ares packte mich mit seinem riesigen Arm um die Taille, dann drehte er mich mit dem anderen, drückte meine Vorderseite gegen das Geländer und seine Brust gegen meinen Rücken. Mit der anderen Hand griff er um mein Kinn und zog meinen Kopf nach hinten. Für eine Sekunde dachte ich, meine Knie würden einknicken, als sein heißer Mund auf meinen Hals traf. Seine Zähne knabberten an meiner Haut, während er sich zu meiner Schulter hinunterarbeitete. Ich zog an meinem Rock, zerrte mein Höschen herunter und stöhnte, als ich spürte, wie er sich gegen meinen nackten Hintern presste.

»Bella«, knurrte er, schob sich zwischen meine Beine und drückte mich fester gegen das Geländer. Seine Hand zog mein Kinn weiter herum, so dass er mich küssen konnte.

»Ich brauche dich«, murmelte ich gegen seine Lippen. Er drückte sich ein wenig in meine Nässe.

»Ich liebe dich«, hauchte er zurück, dann nahm sein Mund den meinen und drang tief in mich ein.

Ein Vergnügen, wie ich es noch nie zuvor gespürt hatte, durchfuhr mich und ich schrie auf, als er mich küsste. Der Arm, der um meine Taille gewickelt war, straffte und senkte sich, hielt mich fest, während er sich bewegte und gegen den Rest meines entblößten Geschlechts drückte. Er küsste mich überall, wo er hinkam, während ich immer wieder keuchte und ein Kribbeln von meinem Nacken und meinen Schultern durch meinen ganzen Körper feuerte, als wären sie mit meinem Innersten verdrahtet. Welle um Welle neuer Empfindungen und purer Lust pulsierte durch meinen Körper und ich packte das Geländer so fest, dass meine Knöchel weiß wurden, als sich etwas Unglaubliches in mir aufbaute.

Er bewegte sich härter und schneller im Takt der Trommeln und ich verlor mich völlig in diesem Rhythmus. Dann bewegte er seine Hand schneller über mich, verlangsamte seine hämmernden Stöße und plötzlich fühlte sich jeder einzelne Zentimeter, den er bewegte, exquisit an. Ich explodierte um ihn herum, und ein Geräusch, das nicht einmal ich erkannte, brach aus meiner Kehle hervor. Dann knickten meine Beine ein und das Geländer knackte laut.

Bevor mein Alarm das Pochen der intensiven Lust, das von meinem Kopf bis zu meinen Zehen lief, ablenken konnte, hob Ares mich hoch. Ich protestierte gegen das plötzliche Fehlen von ihm in mir, aber innerhalb von Sekunden hatte er mich gegen den Hauptmast gepresst und führte seine riesige Männlichkeit dorthin zurück, wo es hingehörte.

»Du bist so verdammt schön«, hauchte er, küsste mich und nahm seine Stöße mit noch mehr Kraft als zuvor wieder auf. Das abklingende Nachbeben meines Orgasmus flammte wieder in mir auf und ich fand mich in einem Zustand der Glückseligkeit wieder, den ich nicht einmal richtig registrieren konnte, irgendwo zwischen seiner Zunge, seiner Finger, seiner Erektion in mir. Es war göttlich.

Als ich spürte, wie er sich versteifte und dann einen Schrei der Lust ausstieß, kam meine zweite Erlösung sofort und ich schlang meine Beine fest um ihn und vergrub mein Gesicht in seinem Hals. Ich war erschöpft, und das auf die unglaublichste Weise. Eine Art und Weise, die für mich völlig neu war.

»So gut«, murmelte ich gegen seine Haut, als er mich an den Mast drückte. Unsere Haut war schweißnass.

»Verdammt gut«, stimmte er zu, und seine Stimme war heiser.

»Du hast geflucht«, sagte ich, zog meinen Kopf hoch und sah ihn an. Seine Haut glühte golden, stellte ich fest und ich konnte einen Ausdruck in seinen Augen sehen, von dem ich dachte, dass es Zufriedenheit sein könnte.

»Das war es wert. Du bist verdammt schön.«

Ich küsste ihn sanft, meine Lippen waren heiß und geschwollen.

»Ich liebe dich«, flüsterte ich, als wir uns trennten. Eine einsame Trommel erklang in der Ferne, als Ares mir tief in die Augen sah.

»Ich werde dich für immer lieben.«

»Und was ist das da?« Ich zeigte auf eine Einöde am nordwestlichen Punkt im Reich des Widders, die einer Tundra glich, weit unter uns, und lehnte mich weit über die Reling.

Ares festigte seinen Griff um meine Taille, bevor er antwortete und mich an seine nackte Brust zog.

»Das ist Pagos. Und siehst du die Bergkette ein Stückchen weiter? Das ist das Reich von König Schrecken.«

Unbehagen zog meine Brust zusammen und ich drückte mich enger an Ares Wärme, während ich auf die zerklüfteten, schneebedeckten Berge hinunterstarrte. Ich hatte es ganz bewusst vermieden, über das letzte Tribunal nachzudenken, weil ich nicht wollte, dass die Blase der Glückseligkeit, die ich auf Ares Schiff erlebte, zerplatzte.

»Ich schätze, es wird nicht mehr lange dauern, bis sie es ankündigen werden«, murmelte ich.

»Ich denke nicht, nein.«

»Schrecken ist der schlimmste der Könige, nicht wahr?« Es war keine Frage.

»Er ist der Stärkste und am schwierigsten zu kontrollieren.«

»Was glaubst du, wozu er uns zwingen wird?« Ich spürte, wie Ares hinter mir zusammenzuckte.

»Etwas Furchtbares. Aber wir sind stärker als sie, Bella. Wir waren schon vorher stark, als wir noch miteinander verfeindet waren.« Er fasste mich an den Schultern und drehte mich sanft zu sich um. »Überleg nur, wie stark wir zusammen sein können.«

»Wie damals, als wir die Hydra bekämpften«, flüsterte ich.

»Ja.«

»Ares, nur einer von uns kann zu jedem Zeitpunkt unsterblich sein. Und... ich weiß nicht, wie du dich fühlst, aber...« Ich brach ab, als ich in sein entschlossenes Gesicht starrte.

Ich war mir nicht sicher, wie ich sagen sollte, was ich dachte. Oder ob ich überhaupt sagen sollte, was ich dachte.

Alle Kämpfer hatten ein oder zwei Schwächen. Es war nicht möglich, keine zu haben. Aber die Guten hatten nur sehr wenige. Sie hatten *fast* nichts zu verlieren. Es musste etwas auf dem Spiel stehen, oder niemand würde überhaupt kämpfen, aber für die Gewinner war das oft Stolz oder Ego.

Die Wahrheit war, dass ich noch nie gekämpft hatte, wenn so viel auf dem Spiel stand; ich so viel zu verlieren hatte.

Ares könnte sterben. Und tief im Inneren wusste ich bereits, dass ich das nicht zulassen würde. Wenn ich vor die Wahl gestellt wurde, ihn zu verlieren oder mein eigenes Leben zu leben, wusste ich, was ich tun würde.

Was verrückt war. Jeder, den ich kannte, der sich in

der Vergangenheit verliebt hatte, hatte solche Gefühle wieder verworfen. Ich kannte den Kerl kaum eine Woche und ich hatte immer noch ernsthafte Vorbehalte gegenüber einigen seiner Persönlichkeitsmerkmale.

Unsere Beziehung konnte doch nicht so schnell ein »Wir sterben füreinander«-Niveau erreicht haben?

Ich würde die Welt in Brand stecken, um ihn am Leben zu erhalten.

Der Gedanke durchbohrte den Zweifel und die Verwirrung. Und ich war neunundneunzig Prozent sicher, dass er dasselbe für mich tun würde. Es hatte keinen Sinn, es zu leugnen. Das Wissen, dass sein Leben an meines gebunden war, fühlte sich an, als wäre es in meine Seele eingebrannt.

»Ich mag es nicht, dich so ernst zu sehen«, flüsterte Ares und beugte sich vor, um mich zu küssen. Seine Berührung war wie ein Tonikum für meine spiralförmigen Bedenken und sie zerstreuten sich zurück in die Schatten meines Geistes.

Eins nach dem anderen, Bella, sagte ich mir, als ich in seine Umarmung fiel.

~

Wir hatten noch drei Stunden Zeit, um das Schiff und die Gesellschaft des anderen zu genießen, bevor die drängende Präsenz Von König Schrecken auf uns eindrang.

Kalte Wut bahnte sich ihren Weg durch mich. Je länger ich mit Ares auf seinem Bett oder auf der Couch faulenzte, redete, lachte und küsste, desto mehr wollte ich, dass dieses Leben normal war. Ich wollte, dass die Tribunale vorbei waren, dass er seine Macht zurückhatte, dass Joshua in Sicherheit war und dass die Geheimnisse meiner Vergangenheit beseitigt waren. Damit wir weiter zusammen sein konnten. Damit ich ihm alles zeigen konnte, was er in seiner eigenen Welt verpasst hatte.

»Ihr habt es euch nicht leicht gemacht«, zischte König Schreckens Stimme durch meinen Schädel, als ich an Ares lehnte und gerade in einen trägen Schlaf fallen wollte.

»Wo und wann ist das Tribunal?«, grunzte Ares, setzte sich auf und löste meinen Kopf von der Stelle, an der er an seiner Brust gelegen hatte.

»Mein mächtiger Herr, ich bin erfreut zu hören, dass Ihr so gut klingt.« Sein Ton triefte vor Sarkasmus.

»Wo und wann?«, wiederholte Ares.

»Die Zeremonie wird in zwei Stunden in meinem Thronsaal stattfinden.« Seine Anwesenheit verschwand und ich ließ mich finster dreinblickend rückwärts auf die Kissen fallen.

»Stört es die Götter im Olymp nicht, dass alles ohne Vorwarnung gemacht wird?«

»Sie müssen ein ewiges Leben irgendwie interessant gestalten.« Er zuckte er mit den Schultern.

»Indem sie spontan Partys veranstalten? Da fallen mir bessere Ideen ein.«

»Und ich kann es nicht erwarten, sie zu hören.«

»Wirklich?« Ich rollte mich auf die Seite und sah ihn an. Sein verspieltes Lächeln wurde schwächer.

»Bella, ich habe viel über Sterblichkeit nachgedacht. Und über Ruhm. Und wofür unsere Macht steht. Ich denke, dass wir im Reich des Widders einige neue Ideen ausprobieren können.« Hoffnung ließ mein Lächeln breiter werden und ich lehnte mich auf einen Ellbogen.

»Ich habe so viele verrückte Ideen. Und ich will alles sehen und jeden kennenlernen.«

Ares gluckste, dann bewegte er sich schnell, drückte mich wieder auf den Rücken und bedeckte meinen Körper mit seinem. Meine Haut glühte vor Hitze, alle meine Muskeln spannten sich an.

»Vergiss nur nicht, es ist mein Reich. Nicht deines. Verstanden?« Er ließ seinen Kopf sinken und knabberte an meinem Hals. Ein leises Stöhnen entkam mir, als er seine Hüften gegen meine presste und ich spürte, wie hart er war.

»Es tut mir leid, ich konnte dich nicht hören«, sagte ich ihm und er hob seinen Kopf von dort, wo er Küsse auf mein Schlüsselbein pflanzte.

»Ich sagte, es ist mein Reich, nicht deins.«

»Nö. Ich höre nur: Bella, mach in meinem Reich, was du willst.« Feuer blitzte in seinen Augen auf.

»Ich glaube, dass du versuchst, mich zu verarschen.« Ich hatte Zeit, den räuberischen Hunger in seinen Augen aufblitzen zu sehen, bevor sein Mund den meinen traf und alle anderen Gedanken verflogen.

»Darf ich fragen, warum du hier Frauenkleider hast?« Ich hörte den gefährlichen Ton in meiner eigenen Stimme, als ich vor dem offenen Kleiderschrank in Ares Schlafzimmer stand.

»Eris. Sie versteckt sich hier manchmal, wenn sie die falsche Person verärgert hat.« Bei der Erwähnung der Göttin des Chaos durchströmte mich ein Schaudern.

»Ist es unsere Schuld, dass ihr etwas zugestoßen ist? Wenn sie uns nicht geholfen hätte, hätte Aphrodite sie vielleicht in Ruhe gelassen.«

Ares stand auf, die Toga, die er angezogen hatte, fiel ihm auf die Knie. Sein Gesichtsausdruck war hart.

»Bella, lass mich dir versichern, dass die Fehde zwischen den beiden viel tiefer geht, als du dir vorstellen kannst. Und Eris ist eine der stärksten Wesen des Olymps. Wenn Aphrodite sie besiegt hat, hat sie es nicht ohne Hilfe getan. Du darfst dir keine Vorwürfe machen.«

Ich stieß einen Seufzer aus. »Das Erste, was wir tun, wenn das alles vorbei ist, ist herauszufinden, was passiert ist.«

Nervosität huschte über sein Gesicht und ich glaubte nicht, dass es mit Eris zu tun hatte. »Das Erste, was wir tun müssen, ist reden. Über dich. Und dann können wir versuchen, meine Schwester zu finden.«

»Richtig«, nickte ich. Ein angeborener Widerwille stieg in mir auf. Es bestand kein Zweifel daran, dass mir von meiner Vergangenheit zu erzählen ein Gespräch war, das Ares nicht führen wollte, was im Umkehrschluss bedeutete, dass ich es auch nicht unbedingt führen wollte. Alles, was die Glückseligkeit bedrohte, die wir für uns geschaffen hatten, war unerwünscht.

Aber es ließ sich nicht vermeiden. Irgendwann würde ich es wissen müssen und das schien ihn schwer zu belasten. Was könnte so schlimm sein?

Was ist, wenn er etwas getan hat, das ich nicht verzeihen könnte?

Das war wahrlich meine Angst, erkannte ich. Das war der wahre Grund, warum ich nicht mehr vor Neugierde darüber brannte, wer ich war. Denn meine Gefühle für Ares brannten jetzt noch heißer.

»Werden dir ihre Kleider passen? Ich kann dir zeigen, wie du sie mit Magie ändern kannst, wenn nicht, aber es wird nicht so gut sein wie das, was Eris tun kann.« Ich zwang meine Aufmerksamkeit zurück zum Kleiderschrank.

»Das ist süß von dir, danke.« Ares verzog das Gesicht.

»Süß? Du bist vielleicht die erste Frau auf der Welt, die mich als süß beschreibt.«

»Und ich werde die Letzte sein. Wenn ich höre, dass eine andere Frau meinen Kriegergott süß nennt, werde ich ihr auf die Nase schlagen.« Ich verengte meine Augen und er grinste. Ein spielerisches Lächeln in seinem ernsten Gesicht zu sehen, war noch neu genug für mich, dass es mein Herz zum Flattern brachte und Hitze durch mich wirbelte.

»Weißt du, das würde ich gerne sehen. Vielleicht werde ich anfangen zu versuchen, Mädchen dazu zu bringen, mich süß zu nennen.«

»Denk nicht einmal dran, Panzerknabe.«

ZWÖLF
ARES

Mit meinem Arm um Bellas Taille in dem Thronsaal von König Schrecken anzukommen, fühlte sich richtiger an, als ich begreifen konnte. Ich wollte, dass jeder wusste, dass sie zu mir gehörte.

Sie hatte eines von Eris formelleren Kleidern gewählt und zu meiner Überraschung hatte sie sich entschieden, es so zu lassen, wie es war. Ich war sowohl erfreut, dass ich so viel himmlisches Dekolleté sehen konnte, als auch wütend, dass andere es auch konnten. Ich hatte den Verdacht, dass sie es genau aus diesem Grund ausgewählt hatte. Die obere Hälfte des Korsetts war in tiefem Grau gehalten, wie Eisen, aber die Farbe wechselte langsam in ein cremefarbenes Elfenbein am unteren Rand. Das Ganze war mit Spitze bedeckt, die mit goldenen Federn verziert war, und gemeinsam hatten wir ihre Magie benutzt, um sie in gefiederte Helme zu verwandeln.

»Immerhin haben wir jetzt beide Helme«, hatte sie mich angegrinst.

Wir verzauberten ihren Helm so, dass er sich in ein Stirnband verwandelte, wie meins, obwohl ihres filigraner war und einen tiefvioletten Edelstein in seiner Mitte hatte. Auf ihrem aschblonden Haar sah er sensationell aus. *Sie* sah sensationell aus.

Ich würde töten, um sie lächeln zu sehen. Verdammt, ich würde alles tun, was sie mir sagt, ohne zu fragen. Nicht, dass ich ihr das sagen würde.

Was würde sie tun, wenn ich ihr die Wahrheit über ihre Vergangenheit erzählte? Über das, was ich getan hatte?

Ein Teil von mir, von dem ich nicht einmal wusste, dass er existierte, hatte die Hoffnung, dass die Verbindung zwischen uns stark genug sein würde, dass sie mir verzeihen würde. Aber der größere Teil von mir fürchtete, dass ich das Einzige verlieren würde, das mir je etwas bedeutet hatte.

Ich dachte, ich hätte mich früher um Krieg, Ruhm und Ehre gekümmert. Aphrodite. Aber alles verblasste neben der wilden Bella, deren Kraft und Stärke und Mut heller brannten als alles andere im Olymp.

Sie war meine wahre Liebe. Sie war meine Bestimmung. Sie war mein ein und alles.

»Bist du sicher, dass er uns nicht direkt vom Ball zum letzten Tribunal gehen lässt? Ich werde in diesem Kleid nichts tun«, zischte sie neben mir. Wir warteten in einer Reihe von Gästen, um durch ein schimmerndes Portal am Ende eines Korridors zu gehen. Ich wusste, dass dies der einzige Weg war, um in den Ballsaal von König Schrecken zu gelangen, da ich schon einmal Gast gewesen war, aber ich wollte Bella nicht sagen, was sie erwartete. Ich wollte die Überraschung in ihrem Gesicht sehen, wenn sie es sah. Schrecken war der geheimnisvollste, gefährlichste und egoistischste der Könige und sowohl sein Königreich als auch sein Palast entsprachen seiner Persönlichkeit.

»Du hast dein Schwert und deinen Helm, falls er es tut. Das ist das Wichtigste.« Sie nickte. Die Gäste vor uns drehten sich häufig um, um uns anzusehen, murmelten und lächelten aufgeregt. Wir waren die Ehrengäste.

Bella zappelte, als wir das Portal erreichten und ihre hyperaktive Energie sprudelte nur so aus ihr heraus.

»Bist du bereit?«, fragte ich und schlang meinen Arm um ihren.

»Ich bin schon seit einer verdammten Ewigkeit bereit«, antwortete sie ungeduldig und schritt durch das Portal, wobei sie mich mitzog.

Ihr Mund formte sich zu einem O und dann atmete sie lange aus, während sie unsere neue Umgebung aufnahm. Wir standen auf einer langen Plattform, die aus der Seite eines schneebedeckten Berges ragte. Blinkende blaue Lichter tanzten über uns, nicht taghell, aber doch hell genug, um das düstere Licht, das vom Himmel über uns kam, zu ergänzen. Kurze Säulen dienten als Tische und die Gäste versammelten sich mit ihren Getränken und Häppchen um sie herum. Durch einen dunklen Torbogen, der in den Berg eingelassen war, bewegte sich ein stetiger Strom von Kellnern mit Tabletts. Schnee, puderweich, fiel, setzte sich aber nie auf dem Boden ab und eine künstliche Wärme umgab die ganze Plattform.

Bella bewegte sich sofort auf die Kante zu und starrte hinaus auf die sich abzeichnenden Berge. Von den schneebedeckten Gipfeln ragten zerklüftete Felsklingen in den Himmel und überall gab es pechschwarze Spalten, die jede Art von Gefahr beherbergen konnten. Sie schienen fast lebendig mit ihrer bedrohlichen Energie.

»Die Berge sind beeindruckend«, sagte ich.

» Unvorhersehbar«, antwortete sie und starrte immer noch auf sie hinauf.

»Hast du Angst vor ihnen?« Sie schaute mich an.

»Sie rufen nach mir«, sagte sie leise. »Gefahr und Geheimnis und der Nervenkitzel des Unbekannten.«

»Ich bin geschmeichelt, aber du solltest vorsichtig sein, solche Wünsche auszusprechen. Sie könnten wahr werden.« Die Stimme von König Schrecken war so unangenehm wie je und je und als sofortige Reaktion spannten sich meine Muskeln an. Wir drehten uns beide zu ihm um und ich war überrascht zu sehen, dass er allein war. Tintenschwarze Formen krochen beunruhigend über sein marmorartiges Gesicht. Es hätte keinen besseren Körper für den Geist des Schreckens geben können.

»Wo sind die anderen beiden?«, fragte Bella.

»In der Nähe«, sagte er abweisend. »Trägst du ein Kleid, das mit Helmen bedeckt ist, um Panik zu verärgern? Das gefällt mir.« Sein Ton triefte vor Bosheit. »Du hättest auch ein paar Drachen hinzufügen sollen. Er ist sehr sauer über den Verlust seines Haustiers.«

Das Band, das mich mit Bella verband, war jetzt so viel stärker, dass ich ihren Wutausbruch spürte.

»Diese Kreatur ist kein Haustier«, knurrte sie.

»Nicht mehr, nein. Bist du bereit für mein Tribunal?«

Angst stieg in mir auf und ich wusste sofort, dass es sein magischer Einfluss auf mich war. Hier in seinem Palast und ohne meine volle Kraft, konnte ich seine Magie nicht blockieren. Bella zog ihren Arm aus meinem und die Angst verstärkte sich alarmierend, bevor sie ihre

Finger mit meinen verschränkte. Hitze durchströmte mich, verdrängte die Ranken des sich aufbauenden Schreckens. Aber sie packte meine Hand so fest, dass ich wusste, dass sie es auch spürte.

»Wir sind bereit«, sagte ich und starrte ihn an. »Und wenn wir gewinnen, erwarten wir die unverzügliche Übergabe des Dämons.«

»Weißt du, wir haben nie darüber gesprochen, was passiert, wenn du verlierst.« Ich öffnete den Mund, um etwas zu erwidern, dann wurde mir mit einem ekelhaften Ruck klar, dass er recht hatte.

»Wenn wir verlieren, sterben wir wahrscheinlich«, stieß ich hervor.

»Ein unsterblicher Olympier?« Es lag eine Freude in seinem Ton und es war klar, dass er wusste, dass ich nicht mehr unsterblich war, es sei denn, ich nahm jedes Gramm von Bellas Kraft. »Nein, nein, Mächtiger. Wir brauchen ein größeres Risiko als das für dich. Wenn du verlierst, dann kriegen wir dich, anstatt dir den Dämon zu geben.«

»Nein. Auf keinen Fall.« Bellas Griff wurde schraubstockartig und ihre Stimme war so scharf wie eine Klinge. Ihre Reaktion war genau das, was Schrecken wollte. Furcht, Wut, Herausforderung. Ich würde dafür sorgen, dass er nichts von dem bekam, was er wollte.

Bevor Bella noch mehr sagen konnte, begann ich zu lachen. Ein kleines Glucksen zuerst, das in ein spöttisches Dröhnen überging. König Schrecken versteifte sich, sein gesichtsloses Gesicht war auf meines fixiert.

»Was hast du vor mit mir zu machen?«, fragte ich und

setzte mein bestes, wahnsinniges Lächeln auf. Ich zog langsam Kraft aus Bella.

»Was auch immer wir wollen«, zischte Schrecken, die Überheblichkeit war aus seiner Stimme verschwunden. Er hatte definitiv nicht die Reaktion bekommen, die er sich von mir erhofft hatte.

»Okay, kleiner König. Wenn wir verlieren, kriegst du mich.« Ich trat vor, wuchs plötzlich um einen halben Meter und senkte meine Stimme bedrohlich tief. »Aber wenn wir gewinnen, versichere ich dir, dass ich deinen hübschen Körper in eine Million winziger Stücke zerschmettern und einen neuen Gastwirt für die Seele des Schreckens finden werde.«

Ich sah es Schrecken hoch an, dass er nicht zurückwich, obwohl sein steinerner Körper zuckte. Ich hielt meine Augen auf sein gesichtsloses Gesicht gerichtet und konzentrierte mich auf die Macht des Krieges. Schreie ertönten in der Ferne und zu den Kampfschreien und dem Getrampel der Hufe gesellte sich das Dröhnen von Explosionen. Der Geruch von Feuer und Blut umwehte uns und Hitze stieg um mich herum auf.

Die Herausforderung hing in der Luft, die schwarzen Wirbel auf König Schreckens Gesicht waren das Einzige, was sich bewegte.

»Möge der beste Mann gewinnen«, sagte der König schließlich.

»Das werden wir.«

Schrecken drehte sich um und pirschte zurück zu den anderen Gästen und zweifellos auch zu den beiden anderen Königen.

· · ·

»Weißt du, du bist verdammt sexy, wenn du das machst.« Ich sah Bella an und freute mich, dass ihre Wangen erröteten, was darauf hindeutete, dass sie mich wirklich attraktiv fand.

»Ich bin froh, dass du das denkst.« Energie zirkulierte durch meinen Körper, die Begegnung hatte mich beflügelt und ließ mich nach einem Kampf lechzen.

»Was ist, wenn wir verlieren?«, fragte Bella leise, ihr koketter Tonfall wurde durch einen Hauch von Zweifel ersetzt.

»Das werden wir nicht. Das können wir nicht.« Es stand schon genug auf dem Spiel bei diesen blöden Tribunalen. Ich würde nicht akzeptieren, dass es irgendeine Chance gab, dass wir verlieren könnten, also war es nicht schlimm, noch eine weitere Sache auf die Liste zu setzen.

»Warum wollen sie dich?«

»Dominanz. Wenn sie den Gott des Krieges beherrschen, beherrschen sie das Reich. Das Verlangen nach Macht liegt in ihrer Natur. Dazu wurden sie erschaffen.«

»Aber du kontrollierst ihre Natur, warum können sie das nicht?«

Ich holte tief Luft, ihre Worte machten mich unruhig. So schnell hatten wir uns ineinander verliebt und doch gab es noch so viel, was sie nicht über mich wusste. Über meine Kraft und woraus ich gemacht war. Darüber, was ich getan hatte, um meinen Verstand zu behalten.

»Bella, sie sind der Grund, warum ich in der Lage bin, mich zu kontrollieren. Als Schmerz, Panik und Schrecken ein Teil von mir waren, war ich... anders. Schlecht. Die einzige Möglichkeit, sie zu kontrollieren, war, sie aufzuspalten und in besonders willensstarke Gastwirte zu stecken, mit eigenen Königreichen, um sie zu beschäftigen. Wenn sie in einem Wesen vereint sind, sind sie zu stark. Sie sind die Essenz der schlimmsten Teile des Krieges.« Ich zuckte mit den Schultern. »Aber auch so sind sie eine vereinte Kraft, die wir nicht unterschätzen dürfen und sie arbeiten aus gutem Grund immer zusammen. Es ist nicht das erste Mal, dass sie versucht haben, sich gegen mich zu erheben und es wird auch nicht das letzte Mal sein. Der Unterschied ist, dass ich noch nie ohne meine Macht gewesen bin.«

»Nun, du hast jetzt deine Macht. Du hast mich.«

Ein blaues Leuchten der Lichterkette tanzte in ihren Augen, und nach einer Sekunde des Zögerns zog ich den Helm von meinem Kopf und nutzte ihre Kraft, um ihn in das Stirnband zu verwandeln.

»Du bist umwerfend«, sagte ich ihr und mein Herz schlug schneller, als sie mir tief in die Augen sah.

»Dann passte ich ja perfekt zu dir«, grinste sie, und ich beugte mich mich herunter, um sie zu küssen.

Wir schritten durch den Ballsaal und strahlten ein Selbstbewusstsein aus, von dem ich wusste, dass es die Könige verärgern würde. Ich war mir nicht sicher, ob Bella dieses Selbstvertrauen wirklich hatte, aber sie schien glücklich darüber zu sein, so großspurig zu handeln wie ich. Panik schenkte uns ein fratzenhaftes Lächeln, als wir uns ihm näherten, sprach aber nicht mit uns. Und, wie ich erwartet hatte, war Aphrodite nirgends zu sehen.

Die Berge schienen wirklich nach Bella zu rufen. Sie schien die höfliche Konversation mit dem endlosen Strom neugieriger Gäste, die das Mädchen kennenlernen wollten, das den unglücklichen Kriegsgott aus seinem Helm gelockt hatte, auszublenden, um stattdessen auf die drohenden Gipfel zu starren.

Ich fühlte dasselbe. Ich konnte die Gefahr in ihnen spüren und sie war wie ein Magnet, der mich anzog, mich beweisen zu wollen. Ich musste kämpfen, gewinnen, im Sieg schwelgen. Und ich wusste mit der gleichen Gewissheit, die Bella zu haben schien, dass die scharfen, zerklüfteten Berge eine mächtige Herausforderung darstellten.

Als König Schrecken die Aufmerksamkeit aller auf sich lenkte, wollte ich eigentlich, dass er bestätigte, dass das letzte Tribunal in diesem krassen und tödlichen Königreich ausgetragen würde.

»Ich danke euch allen, dass ihr heute gekommen sind«, sprach seine eisige Stimme. »Das letzte Tribunal der Ares Tribunale ist ein einfaches. Erklimmt einen meiner Berge. Wenn ihr den Gipfel erreicht, habt ihr gewonnen. Wenn ihr den Gipfel nicht erreicht, habt ihr verloren.«

Aufregung strömte durch meine Adern. Es war genauso, wie ich gehofft hatte. Ich spürte einen Energieblitz von Bella, ihre Haut glühte kurz golden.

Es war an der Zeit, allen zu zeigen, wie stark wir gemeinsam waren.

Meine Aufregung, den Berg in Angriff zu nehmen, verflog, als das Licht des Blitzes verblasste und die Realität unserer Aufgabe einsetzte.

»Wow. Das ist ein ganz schön weiter Weg.«

Es war eiskalt und obwohl ich ein Hemd mit langen Ärmeln unter meiner Lederrüstung und meinen Helm über dem Kopf trug, biss die kalte Luft trotzdem auf meiner Haut.

Wir befanden uns am Fuße eines Berges, der aus glänzendem schwarzem Gestein geformt und mit Schnee bedeckt war. Alles war zerklüftet, keine glatte Linie in Sicht, als hätte ein Riese die gesamte Oberfläche mit einem Hammer bearbeitet und überall kantige Spitzen und tiefe Spalten hinterlassen. Vor uns gab es die Andeutung eines Pfades, der sich in die Felsmasse hinaufschlängelte. Und als ich den Kopf nach hinten kippte, konnte ich gerade noch die weiße Spitze des Berges sehen.

»Das Klettern wird hart sein und ich erwarte, dass es unterwegs einige zusätzliche Herausforderungen geben wird«, sagte Ares, gepanzert und brummend vor aufgestauter Energie.

»Es sieht aus wie König Schreckens Haut. Alles ist schwarz und weiß«, sinnierte ich, als Ares sich auf den Weg machte.

»Du hast recht. Das tut es.«

»Das höre ich gern.« Ich folgte ihm, meine Stiefel knirschten auf dem Schnee. *Ischyros* glühte warm in meiner rechten Hand. »Du kannst mir ruhig sagen, dass ich recht habe, so oft du willst.« Ares warf mir einen Blick über seine Schulter zu, seine Augen funkelten.

»Du wirst es dir verdienen müssen.« Ich zuckte mit den Schultern.

»Das ist nicht schwer. Ich habe immer recht.« Der Gott des Krieges schnaubte.

»Das bezweifle ich stark.«

Wir zankten uns spielerisch für eine Stunde oder mehr, bevor es zu schneien begann. Der Weg war nicht wirklich ein Weg, nur ein schmaler Pfad, die sich zwischen den scharfen Felsbrocken hindurchschlängelte. Die Steigung war steil und ich war mir nicht sicher, wie gut ich ohne meine Kräfte zurechtkommen würde. Die magielose Version von mir war sicher fit, aber wir kletterten nicht auf einen gewöhnlichen Berg. Es gab keine Bäume oder Gestrüpp, nur schroffe schwarze Felsen und Eis. Es gab keine Geräusche von Tieren oder Vögeln oder irgendetwas Lebendigem, selbst wenn ich meine neuen magischen Sinneskräfte einsetzte, um nach Lebenszeichen zu suchen. Alles, was ich von dem Berg empfangen konnte, war eine unheilvolle Anziehungskraft. Er war unheimlich und fesselnd zugleich.

Meine Kraft bewahrte mich davor, vor Kälte taub zu werden, aber sie verhinderte nicht, dass der Schnee lästig war. Die Sicht wurde schnell schlechter und zwang uns, unser Tempo zu drosseln.

»Was glaubst du, wie lange es dauert, bis wir oben sind?«, fragte ich.

»Zwei Tage. Aber ich glaube, es werden Hindernisse zu überwinden sein. Also vielleicht länger.«

Ich nickte, auch wenn er vor mir stand und mich nicht sehen konnte. Es war unmöglich, dass Schreckens Berg nicht mehr für uns bereithielt als nur Schnee.

~

»Was war das?«

Wir stapften schon länger den immer steiler werdenden Berghang hinauf, als mir lieb war und ich hatte gerade zum allerersten Mal eine Bewegung gesehen, die kein Schneefall war.

»Wo?« Ich spürte das leichte Ziehen von Ares, der meine Kraft anzog und ich wusste, dass er seine Sinne genauso wie ich verstärken würde. Wir betraten eine einigermaßen ebene Lichtung, umgeben von dunklen Felsbrocken und ich zeigte auf sie, als wir langsamer wurden.

»Bei diesem Felsen«, flüsterte ich. Ich konnte gerade noch das Geräusch von leisen Schritten und das langsame, gleichmäßige Atmen von etwas wahrnehmen, das nicht Ares war. Der Aufstieg war noch nicht so steil gewesen, dass wir zwei Hände gebraucht hätten, also waren wir beide mit gezückten Schwertern gegangen. Ich spürte einen Ausbruch von Hitze von *Ischyros*, die meinen Arm hinunterkribbelte und Adrenalin in meinen Körper schießen ließ.

Es gab einen weißen Blitz und etwas Grünes bewegte sich wieder hinter den rauen Felsen.

»Zeig dich!« Ares rief den Befehl und mein Herz hämmerte in meiner Brust, als wir da nebeneinanderstanden und auf eine Antwort warteten.

Ein grollendes Knurren hallte über die Lichtung, dann wurde alles wieder still.

»Was ist das?«, zischte ich.

»Ich weiß es noch nicht«, antwortete Ares mit zusammengebissenen Zähnen. Wir begannen beide zu glühen.

Wie aus dem Nichts stürzte eine riesige, verschwommene Masse aus Weiß, Braun und Grün auf Ares zu und warf ihn nur einen Meter von mir entfernt zu Boden. Ich beschwor die Macht des Krieges herauf. Als alles um mich herum langsamer wurde und sich rot färbte, sprang Ares wieder auf die Beine und schleuderte die Kreatur, die ihn angegriffen hatte, zurück.

Es war keine Kreatur, die mir je zuvor begegnet war. Selbst bei den Zeremonien, die die Könige des Schreckens veranstaltet hatten, hatte ich kein Geschöpf wie dieses je gesehen. Der Großteil des Monsters sah aus wie ein Schneeleopard mit schönen Flecken auf dem Fell, riesigen grünen Augen und kleinen angelegten Ohren. Aber der Rest davon...

»Es hat zwei verdammte Köpfe!« Der Ausruf war meinem Mund entfahren, bevor ich ihn stoppen konnte. Aus dem Körper des Schneeleoparden ragte ein zweiter Hals heraus, der in einem bösartig aussehenden Kopf einer Bergziege endete. Schwarze Hörner stachen aus dem Schädel hervor und das zweite Paar Augen waren glasig und rot. Der Leopardenkopf zog die Lippen knurrend zurück und fletschte die Zähne, während der Ziegenkopf zischte und die Kiefer zusammenklapperte.

»Drei. Schau dir den Schwanz an«, sagte Ares. Er hatte recht. Das Ende des fetten, buschigen Schwanzes des Schneeleoparden war ein verdammter Schlangenkopf, leuchtend grün und irre gefährlich. »Es ist eine Chimäre.«

Die Kreatur scharrte auf dem schneebedeckten Boden vor uns und ich versuchte, meine Bewunderung und mein Erstaunen über den Anblick eines solchen Tieres zu unterdrücken.

»Wie können wir es aufhalten?« Ich wollte es nicht töten. »Wird Feuer es abschrecken, wie die Ochsen?«

»Die Kälte auf diesem Berg wird das magische Feuer schnell löschen.«

Die Chimäre knurrte laut und bedrohlich.

Bevor ich eine weitere Idee darbieten konnte, stürzte sie sich wieder auf mich. Aber ich war bereit.

Ich warf mich eine Sekunde, bevor sie mich traf, zur Seite und schlug mit meinem Schwert nach ihren Beinen, als sie auf dem Boden anstatt auf mir landete. Der Schlangenschwanz peitschte herum und zwang mich, mein Schwert zu heben, um mich zu verteidigen, als eine gegabelte Zunge herausschnellte.

Ares goldenes Leuchten erschien hinter der Chimäre und bevor sie sich zu der Stelle drehen konnte, an der ich kauerte, brachte er sein Schwert zu Fall. Es gab ein schallendes Klirren, als der Ziegenkopf sich auf ihn zubewegte und seine Hörner seinen Schlag blockierten.

Ich rollte mich ab, um aus der Reichweite der Schlange zu kommen und als ich mich aufrichtete, sah ich direkt in die Augen des Leopardenkopfs.

»Scheiße, bist du schnell«, fluchte ich, als ich zurücksprang und nur knapp den schnappenden Kiefern entkam. Der Ziegenhals war allerdings länger und der

Schmerz schoss mir durch die Schulter, als er mich anstieß. Ich stolperte rückwärts und dann kreischte das Monster. Er war ein furchtbares, tierisches Geräusch, das ein komisches Gefühl in mir auslöste. Ares hatte den Schwanz der Chimäre gepackt und riss ihn mit aller Kraft von mir weg. Der Kopf der Schlange schnappte nach ihm und streckte sich, um ihn zu erreichen. Die Kreatur drehte sich, ihre Beine bewegten sich schnell und versuchten, sich aus dem Griff des Gottes zu befreien, aber Ares war zu stark. Die Chimäre erstarrte, als Ares seine Klinge durch die Luft brausen ließ und nur wenige Zentimeter vor dem Schwanz, den er noch immer umklammert hielt, erstarrte.

»Du kannst nicht beide von uns besiegen. Komm uns nach und du wirst einen deiner Köpfe verlieren«, sagte Ares laut. Alle drei Münder zischten zur Antwort.

Ares ließ los und ich hielt den Atem an, mein Schwert bereit zuzuschlagen.

Der Schlangenkopf bäumte sich auf, jetzt, wo er frei war, aber gerade als es so aussah, als würde er sich auf Ares stürzen, gab der Leopardenkopf einen kreischenden Laut von sich. Mit einem letzten Zischen drehte sich die Chimäre in einem langsamen Kreis zwischen uns um, dann hüpfte sie davon und verschwand im Nu in den Schatten der Felsen. Ich entspannte meinen Schwertarm ein wenig und schickte etwas Heilmagie in meine geprellte Schulter.

»Bin ich zynisch geworden, oder war dieser Kampf zu leicht?«, fragte ich langsam.

»Chimären sind normalerweise Einzelgänger. Aber wenn sie mit einem Rudel zurückkehrt, werden wir es mit einem härteren Gegner zu tun haben.«

Ich starrte dem Tier ungläubig hinterher und hoffte

inständig, dass sie keine Freunde auf dem Berg hatte.

Wir setzten unsere Wanderung fort und waren gezwungen, unsere Schwerter abzulegen, als die Steigung steiler und der Boden weniger eben wurde. Bald kletterten wir richtig, und zogen uns mit beiden Händen die bröckelnden Hänge hinauf. Die körperliche Betätigung hätte sich gut angefühlt, wenn der Berg uns nicht zunehmend schlechte Schwingungen entgegengeschleudert hätte.

»Warum hast du den Schlangenkopf nicht abgetrennt?«, fragte ich Ares, als wir für eine kurze Verschnaufpause anhielten. Er sah mich von hinter seinem Helm aus an.

»Schiebe es auf meine neue Wertschätzung der Sterblichkeit.« Ich hob meine Augenbrauen. »Und ich wusste, dass es dir lieber wäre, wenn ich das nicht täte. Es ist schließlich das Zuhause der Chimären, in das wir hier eingedrungen sind.«

»Wenn wir keine Helme tragen würden, würde ich dich küssen«, sagte ich ihm. Ich wusste, dass Gnade Teil des Krieges war und ich wusste auch, dass Ares nicht wahllos tötete. Aber der rote Nebel war eine mächtige Kraft und Instinkte überwogen in einem Kampf oft in den meisten Menschen, ganz zu schweigen von Personen mit göttlicher Macht. Meine Bewunderung für seine Selbstbeherrschung wurde nur noch größer.

»Wenn wir nichts anhätten, gäbe es keinen Teil von dir, den ich nicht küssen würde«, sagte er und Hitze flammte in mir auf und verjagte die Kälte.

»Bringen wir es hinter uns, damit du mir das beweisen kannst.«

Der Boden, auf dem wir uns bewegten, war so uneben, dass wir uns kaum auf den Beinen halten konnten, und bald war es so steil, dass wir praktisch eine Klippe hinaufkraxelten. Der fast senkrechte Abhang war eiskalt und wenn wir keine Magie gehabt hätten, die unsere Haut vor dem Erfrieren bewahrte, oder ein paar wirklich epische Handschuhe, hätten wir uns die Finger abgefroren.

Ich war überrascht, wie viel Konzentration nötig war, um mich den Felsen hinaufzubewegen und die ständige Inanspruchnahme meiner Kraft, um mich vor dem Erfrieren zu bewahren, begann mir ebenfalls Sorgen zu machen. Nur einer von uns konnte unsterblich sein und ein Sturz auf die zerklüfteten Gipfel unter uns würde ohne Zweifel ein tödliches Ende nehmen. Wenn wir beide fielen...

Der Gedanke ließ eine sehr unwillkommene Angst in mir aufsteigen und ich begann, zu beten, dass die Landschaft bald ebener werden würde.

Jedes Mal, wenn der Fels unter meinem Griff

bröckelte oder meine Stiefel auf einer eisigen Stelle ausrutschten, bekam ich Herzrasen und ein wenig mehr von meiner Gelassenheit verließ mich. Nicht zu wissen, wo der Gipfel war, machte es noch schlimmer.

»Du machst das toll.« Ares tiefe Stimme drang in meinen Geist ein und sorgte dafür, dass eine gewaltige Welle des Trostes mich durchflutete. Ich hatte innegehalten und mich einen Moment lang an den Felsen geklammert, um mich zu sammeln, während ich einen halbwegs anständigen Halt unter meine Füße hatte. Er muss es bemerkt haben. Ich blickte hinunter, sah ihn etwa zehn Meter unter mir und versuchte, das Schwindelgefühl zu ignorieren, das den Blick in diese Richtung begleitete.

»Du auch«, sagte ich ihm.

»Ich bin es gewohnt zu klettern; ich spüre, dass du es nicht bist?«

»Das ist nichts, was ich in der sterblichen Welt je getan habe, nein«, gab ich zu. *»Ich bin müde, weil ich mich so stark konzentrieren muss.«* Ich sprach meine Sorge nicht aus, dass nur einer von uns einen Sturz überleben könnte. Und jetzt, wo ich nach unten geschaut hatte, war ich mir ziemlich sicher, dass es, selbst wenn ich einen Sturz überleben würde, eine kolossale Anstrengung erfordern würde, es erneut zu versuchen. Das heißt, wenn ich nicht während der Heilung erfrieren würde.

Es stand außer Frage, dass dieser Berg für selbst Unsterbliche gefährlich war, wurde mir klar. Dieser Berg war die personifizierte Gefahr.

»Lass die Angst nicht an dich heran. Nutze deine Zuversicht. Vergiss nicht, das hier ist die Prüfung, die König Schrecken uns gestellt hat. Er zehrt von der Angst der Leute. Das tut dieser Berg auch.«

Ich versuchte, Ares Worte wie eine Decke um mich zu wickeln und Trost aus ihnen zu ziehen. *Der Berg macht dir mehr Angst*, sagte ich mir. *Du brauchst keine Angst zu haben. Also klettere weiter diesen verdammten Berg hinauf.*

Als der Boden endlich anfing ebener zu werden, konnte ich es zunächst nicht glauben. Ich hatte einen Rhythmus gefunden, den ich nicht zu stören wagte, einen, der die wachsende Angst vor dem Fallen unter der einfachen Übung, eine Hand und einen Fuß vor den anderen zu setzen, begrub.

Aber als der Schnee sanft zu fallen begann, konnte ich die Tatsache nicht ignorieren, dass er sich auf dem Boden ansammelte, und dass ich mich immer weniger vorbeugen musste beim Gehen.

Als es flach genug war, dass ich aufrecht stehen konnte, drehte ich mich um und wartete auf Ares.

»Geht es dir gut?«, fragte er, als er mich erreichte, seine Augen voller Sorge.

»Ja. Erleichtert.«

»In diesem Fall kommt wahrscheinlich etwas Schlimmeres. Wir können uns bald ausruhen, meine Liebe.«

Ich nickte. Freude erfüllte meine Brust ob seiner Zärtlichkeit. Ich war noch nie von jemandem *meine Liebe* genannt worden. Mit neuer Entschlossenheit schleppte ich meinen müden Hintern weiter den felsigen Bergpfad hinauf.

»Bäume!« Es war wahrscheinlich nicht normal, sich so über solch erbärmliches Gestrüpp zu freuen, das es irgendwie geschafft hatte, an dem kahlen Berghang zu wachsen, aber ich hatte es satt, nichts als Schnee zu sehen. Sie waren struppig und spindeldürr und hatten kaum Blätter, aber es waren definitiv Bäume.

»Naja«, schnaubte Ares.

»Nun, sie sind besser als Steine.«

»Hmmm.«

Der Boden war jetzt weniger steil, aber der Pfad war kurvig und schmal. Wahrscheinlich verschwendeten wir Zeit damit, dem Pfad zu folgen, anstatt einen direkteren Weg nach oben zu finden, aber die Felsen, die sich auf beiden Seiten aus dem Boden krallten, waren stachelig und einige waren dreimal so groß wie ich. Es wäre zu schwer zu versuchen, sie zu navigieren. Also stapften wir weiter den Pfad entlang und ich bewunderte die Scheiß-bäume, die zwischen den Scheißfelsen standen.

»Ich mag diesen Berg nicht so sehr, wie ich dachte«, sagte ich in die Stille hinein.

»Bleibt wachsam«, war die einzige Antwort von Ares.

Ich stieß einen Seufzer aus und runzelte die Stirn, als ich einen warmen Atem an meiner Schulter spürte. Ich drehte schnell meinen Kopf, aber da war nichts. Ich verlangsamte meinen Schritt und blies noch einmal kräftig Luft aus. Eine warme Böe wehte mir über meinen Rücken und ich wirbelte herum.

Da war nichts.

»Was ist los?«

»Ich kann warme Luft spüren.«

Ich konnte Ares finsteren Blick hinter seinem Helm ausmachen.

»Das ist unwahrscheinlich. Ich kann hier nichts spüren.« Ich unterdrückte das Gefühl und zuckte mit den Schultern. Er musste recht haben. Keine Tiergeräusche oder Gerüche waren in der Nähe vernehmbar. Stirnrunzelnd begann ich wieder zu laufen.

Das nächste Mal, als ich die Böe spürte, könnte ich schwören, dass sie von einem Schubs begleitet wurde. Kein harter, aber ich war mir sicher, dass ich einen Kontakt mit meiner Schulter spürte. Ich schlug mit *Ischyros* zu, als ich mich drehte, aber meine Klinge traf auf nichts.

»Hier ist etwas, Ares.«

Wie als Antwort auf meine Worte wirbelte der Schnee plötzlich auf, so dass ich nicht mehr als etwa drei Meter in jede Richtung sehen konnte. Wieder stieß etwas gegen mich, dieses Mal fester und ich schrie auf. Ares Rüstung klirrte und ich sah gerade noch rechtzeitig hinüber, um ihn stolpern zu sehen.

»Was zum...« Bevor er den Satz beenden konnte, hörte der Schneesturm so plötzlich auf, wie er begonnen hatte und ließ uns beide dumm im Kreis herumschauen.

»Mach etwas«, zischte ich. Ares warf mir einen Blick zu, dann rief er.

»Zeig dich!«

Nichts. Wir warteten noch einen Moment, dann zuckte Ares mit den Schultern.

»Wir vergeuden Zeit. Lasst uns weitergehen.«

Ich widersprach nicht, aber ich hielt *Ischyros* in beiden Händen und mein Körper blieb angespannt, während ich ihm folgte. Ich mochte keine Feinde, die ich nicht sehen konnte, kein bisschen.

FÜNFZEHN
BELLA

Etwa eine Stunde lang war nichts mehr passiert, als meine Haut anfing zu kribbeln und ein unangenehmes Prickeln sich meine Wirbelsäule hinunterschlängelte. Etwas beobachtete uns, da war ich mir sicher. Aber als ich meine magisch verstärkten Sinne ausschickte, konnte ich nichts finden.

Das Gefühl, beobachtet zu werden, nahm von Minute zu Minute zu. Auch die Zahl der Bäume nahm zu und die Neuen waren tatsächlich in der Lage, etwas Laub zu tragen. Ich sah mir die Blätter genau an und versuchte, nach Lebenszeichen von irgendetwas zu fühlen, das sich darin verstecken könnte. Der Pfad war noch schmaler geworden und wand sich weiter um den Berg. Zu unserer Rechten gab es nun einen steilen Abhang, der nach unten führte und eine noch steilere Klippe zu unserer Linken, die nach oben führte. Wir hatten überprüft, ob wir ihn erklimmen konnten, aber er war mit einer Schicht aus festem, glattem Eis bedeckt, welche eine Kletterpartie unmöglich machte.

Der Wind hatte zugenommen, ließ das spärliche

Laub rascheln und kaltes Schneegestöber über uns hinwegwehen. Eine solche Böe peitschte über den Pfad und einen Moment lang war ich sicher, eine Stimme zu hören, als würde sie vom Wind getragen werden. Die Stimme eines Kindes.

Du bist müde, sagte ich mir. *Es gibt keine Stimmen auf diesem Berg.*

Aber eine andere Brise wehte über uns hinweg und dieses Mal waren die Stimmen klar. Eine hohe, kindliche Stimme, die immer die gleichen drei Worte wiederholte.

Blut. Sterben. Essen.

Gänsehaut stieg auf meiner Haut auf und meine Brust zog sich zusammen.

»Ares? Hörst du das?« Ich konnte das Unbehagen in meiner eigenen Stimme hören. Ares antwortete nicht und lief einfach weiter.

»Ares?«, rief ich lauter. Eine weitere Böe traf mich, härter und die kindlichen Stimmen waren lautes Geflüster, das vor Aufregung krächzte.

Blut. Sterben. Essen.

Blut. Sterben. Essen.

»Ares!« Diesmal lag Angst in meiner Stimme, als ich rief und meine Beine begannen sich schneller zu bewegen. Ich joggte, um ihn einzuholen.

Ich packte ihn am Arm, als ich ihn erreichte und er zuckte überrascht zusammen.

»Bella! Hier ist etwas.« Seine Augen waren wild und unkonzentriert.

»Ich höre einen Haufen Kinder, die mich auffressen wollen«, sagte ich, meine Stimme atemlos. »Das ist verdammt gruselig. Was hörst du?«

»Das Gleiche«, sagte er und ich wusste, dass er log.

Aber jetzt war nicht die Zeit, um herauszufinden, was genau dem Kriegsgott Angst einjagte.

»Was ist es?«

»Ich weiß es nicht, aber hier lebt nichts, sonst würden wir es spüren.«

»Also... ist es tot?« Meine Stimme verfing sich bei dem Wort *tot*.

»Ich weiß es nicht. Ich nehme an, es muss so sein. Oder etwas, das mächtig genug ist, seine Anwesenheit zu verbergen.«

Ich hoffte inständig auf das Letztere. Irgendwie war die Vorstellung einer mächtigen magischen Kreatur für mich leichter zu ertragen als die Vorstellung von Geistern oder Zombies.

Der Schnee begann wieder zu stürmen und ein jugendliches Lachen kräuselte sich durch die Luft. Ein Kreischen ertönte, ein schreckliches Geräusch, bei dem mir schlecht wurde und ich spürte, wie die Angst mich durchzuckte. Ich umklammerte Ares fester und schaute mich vergeblich um.

Blut. Sterben. Essen.

Etwas stieß mir in den Rücken, Ares ging mit mir zu Boden und wir landeten beide hart im Schnee. Mehr Gelächter ertönte um uns herum und als ich auf die Füße kletterte, merkte ich, dass der rote Nebel nicht kam.

»Ich kann nicht bekämpfen, was ich nicht sehen kann«, platzte ich heraus und hasste meine aufsteigende Panik.

»Benutze deinen Schutzschild «, sagte Ares. Er bewegte sich zu mir und griff meine Taille. »Wir machen es zusammen.«

»Ja, der Schutzschild «, wiederholte ich, starrte ihm in

die Augen und versuchte, meine Angst herunterzuschlucken.

Beim nächsten Stoß prallte es an einer unsichtbaren Kuppel um uns herum ab.

Blut-

Bevor die Kinderstimme das nächste Wort sagen konnte, schüttete ich Kraft in meinen Schutzschild und die Worte wurden abgeschnitten. Sofort ließ der Schrecken, der sich in mir aufbaute und sich in meinem Körper ausbreitete, nach.

»Gut.« Ares hatte immer noch einen leicht panischen Glanz in den Augen.

»Ares, ich bin zu müde, um den Schutzschild aufrechtzuhalten und gleichzeitig zu laufen. Aber ich werde auf keinen Fall hier schlafen, bei dem, was da draußen ist. Was sollen wir nur tun?«

»Wir müssen es loswerden«, sagte er nach kurzem Nachdenken.

»Wie? Es ist verdammt noch mal unsichtbar.«

»Wir glauben, dass es mit dem Wind zusammenhängt?«

Ich nickte zustimmend und rieb an meinen Armen. Ich konnte Druck gegen den Schutzschild spüren, ein schreckliches Kratzen gegen meine Kraft. Ich hasste es.

»Ja.«

»Dann lasst uns unseren eigenen Wind machen. Pusten wir es weg.«

»Wirklich?«

»Mir fällt nichts anderes ein, was ich versuchen könnte.«

·   ·   ·

Wind zu machen war so einfach wie Feuer zu machen, erklärte mir Ares. Ich musste es mir nur in Gedanken vorstellen und meine Kraft darauf verwenden.

»Auf drei machen wir es gemeinsam. Lass den Schutzschild fallen, dann lass eine Bombe von Wind über diesem Pfad explodieren.«

»Was, wenn es uns vom Weg abbringt?«

»Wird es nicht. Aber geh in Deckung, falls das, was auch immer es ist, zurückweht.«

Ich nickte und ließ mich in eine Hocke fallen. Der Boden war kalt, der Schnee türmte sich zentimeterhoch.

»Drei, zwei, eins!«

Als der Schutzschild fiel, waren die Stimmen schrill und höhnisch, und ein grässliches Kreischen pfiff durch die Luft.

Blut! Sterben! Essen!

Ich schüttete alles an Kraft, die ich noch besaß, in das, was ich mir als Tornado vorstellte und mit einem Gebrüll entstand eine wirbelnde Windkolonne. Die Ränder meiner Vision färbten sich rot und Hoffnung leuchtete in mir auf und verdrängte etwas von der Anspannung und Angst.

»Geh«, wies ich den Tornado an und er begann, sich den Weg entlang zu bewegen. Die Stimmen verzerrten sich, die Worte waren nicht mehr klar und der Wirbelsturm war lauter als das Kreischen, als er den Weg entlangrauschte. Ich befahl ihm zu wachsen und sich um das, was immer es war, das uns zu verfolgen versuchte, zu bewegen, und es wegzufegen. Der Orkan wirbelte im Zickzack auf dem schmalen Pfad herum, peitschte die spindeldürren Äste der Bäume auf und der Schneesturm schoss hinter ihm her.

Er wich jedoch der Stelle aus, an der Ares und ich

kauerten und als er anfing, abzuflauen, war meine Kraft völlig verbraucht.

»Hat es funktioniert? Sind sie weg?«

Ares antwortete nicht, sein Gesicht war in Konzentration versunken. Ich versuchte, dasselbe zu tun, aber die Müdigkeit machte sich breit. Ich hatte allerdings nicht das Gefühl, dass ich beobachtet wurde und die verdammt gruseligen Stimmen waren still.

»Ich denke schon.«

»Gott sei Dank. Ich muss schlafen.«

Wir wuchteten ein paar Felsbrocken zusammen und zogen ein paar belaubte Äste von den Bäumen um uns herum, um einen behelfsmäßigen Unterschlupf zu bauen. Ich wollte mich so gut wie möglich ausruhen, solange die Kannibalen-Kinder weg waren. Sie konnten jederzeit zurückkommen und der Gedanke machte mir Angst. Unsichtbare, gruselige Geister waren wirklich nicht mein Ding. Ares versicherte mir, dass meine Kraft mich warm genug halten würde, während ich bewusstlos war und da ich ihm vollkommen vertraute, war ich in der Sekunde eingeschlafen, in der mein Kopf auf meinen treuen Rucksack traf.

Als ich erwachte, hatte Ares einen Arm fest um mich geschlungen und drückte mich gegen seine goldene Rüstung, die selbst bei dem Wetter in den Bergen immer warm war. Ich war sofort wach, als der Schlaf aus meinem Kopf wich, auf der Hut vor dem, was mich geweckt haben könnte. Spärlich belaubte Äste lagen über den beiden Felsbrocken, zwischen denen wir uns befanden und ich nahm es als gutes Zeichen, dass sie nicht weggeblasen worden waren.

»Ares«, sagte ich, hob seinen Arm und setzte mich auf. Instinktiv griff ich nach meinem Helm, welcher stolz neben seinem lag. Energie kribbelte in meinem Bauch durch die Schnur, die uns verband, als er sich regte.

»Küss mich«, murmelte er und ich ließ meinen Kopf sinken und pflanzte einen sanften Kuss auf seinen Mund.

»Wir müssen los«, sagte ich und zog ihn zurück. Seine Augen waren hell, und die Müdigkeit verließ ihn schnell.

»Dieser Berg langweilt mich jetzt«, sagte er, als ich aus unserer Unterkunft kroch und meinen Helm aufsetzte. Sobald er auf meinem Kopf war, war er federleicht, als wäre er ein Teil von mir geworden. Er verdeckte nichts von meiner Sicht und ich spürte nicht, wie er sich bewegte.

»Mich auch.« Ich scannte den verschneiten Weg. Er sah genauso aus wie er es vor dem Schlafengehen getan hatte. Ich tastete in mir nach meiner Kraft und fand den Energieball unter meinen Rippen, voll und heiß. Ares tauchte zwischen den Felsbrocken auf und zog seinen Helm auf.

»Wir wollen heute versuchen, an die Spitze zu kommen«, sagte er.

»Auf jeden Fall.«

»Eines der Reiche muss dein Lieblingsreich sein«, drängte Bella, während wir uns den Weg durch den tiefer werdenden Schnee bahnten. Der Pfad schlängelte sich immer noch den Berghang hinauf, wurde gelegentlich steil und felsig und war dann wieder manchmal eisig und flach.

»Nur mein eigenes«, antwortete ich von hinter ihr.

» Du kannst nicht dein Eigenes auswählen, das ist Betrug. Such dir ein andres aus.« Sie kletterte über einen besonders scharfen Felsvorsprung.

»Das Reich meines Vaters ist höchst spektakulär. Seine Bürger leben in gläsernen Villen in den elektrischen Wolken, die den Berg Olympus umgeben. Sein Palast befindet sich auf der Spitze des Berges.«

»Ich will gerade gar nichts über Berge wissen«, brummte sie. »Und außerdem klingt dein Vater nach einem Arschloch. Such dir ein anderes aus.« Ich seufzte und sie warf mir ein Grinsen über ihre Schulter zu.

»Gut. Ich mag das Unterwasserreich von Poseidon. Es besteht aus vielen goldenen Kuppeln unter der Oberfläche des Ozeans. Und er hat viele extrem gefährliche Wasserkreaturen, die dort leben.« Aufregung färbte meine Worte bei dem Gedanken an Poseidons Meeresungeheuer.

»Welches Reich magst du am wenigsten?«

»Ich mag das Reich des Stiers nicht. Das ist das Reich des Dionysos; er ist der Gott des Weines und des Wahnsinns. Seine Bürger leben in großen Baumhäusern, die beeindruckend sind und es gibt auch viele gefährliche und wilde Kreaturen, aber man kann auf nichts vertrauen. Ganze Gebäude können sich unbemerkt auf den Kopf stellen und alles ist mit Halluzinogenen gespickt. Ich finde es verstörend.«

»Ich will es besuchen«, verkündete Bella sofort.

»Natürlich tust du das. Irre ich mich, oder wird der Schnee immer heftiger?« Ich war mir sicher, dass der Schnee schneller fiel und sich immer mehr um uns herum ansammelte.

»Ja, vielleicht.«

Innerhalb einer weiteren Stunde fiel der Schnee heftiger und wir mussten uns durch eine Schicht treten, die unsere Stiefel komplett bedeckte. Die Sicht war schlecht und unser Tempo musste sich deutlich verlangsamen.

»Wann sollen wir uns um den Schnee kümmern?«, rief Bella zu mir zurück.

»Ich weiß es nicht.« Zuzugeben, dass ich Dinge nicht wusste, war neu für mich und ich war mir nicht sicher, ob es mir gefiel. Wenn es jemand anderes als Bella gewesen wäre, der gefragt hätte, hätte ich die Frage ignoriert oder mir eine Antwort ausgedacht. Aber die Wahrheit war, dass dieser ganze Berg so wild und unberechenbar war wie sie selbst und ich hatte keine Ahnung, ob der Schnee eine Bedrohung darstellte oder nicht.

»Solange diese widerlichen Kannibalen-Kinder nicht zurückkommen«, hörte ich sie sagen.

Was auch immer die geisterhaften Stimmen gewesen waren, sie hatten sie verstört. Sie hatten auch nicht gerade dazu beigetragen, mich zu beruhigen.

Ein tiefes, fernes Grollen drang an meine Ohren und Bella hielt vor mir inne.

»Hast du das gehört?«

»Ja.«

Sie glühte kurz auf, als sie die Grenze ihrer Sinne überschritt.

»Es kommt aus dem Inneren des Berges«, sagte sie und drehte sich zu mir um. In ihren Augen lag ein leichter Funke der Angst. »Der Fels selbst. Es ist keine Kreatur. Wir können nicht gegen einen Berg kämpfen.«

»Bleib ruhig.« Ich holte sie ein und streckte die Hand aus, um ihre warme Haut zu berühren. Das Grollen kam wieder, lauter, stärker. Ich spürte es durch meine Stiefel.

»Ares, wir sind von Tonnen von Felsen und Schnee umgeben.« In Bellas Stimme schwang Panik mit. »*Tonnenweise.*«

»Und wir haben magische Schutzschilder«, sagte ich ihr und projizierte Zuversicht durch unsere Verbindung hindurch.

»Was ist, wenn wir getrennt werden?« Sie flüsterte die Worte praktisch und mir wurde klar, dass das der Grund für ihre Angst war. Etwas, das uns auf dem Berg trennen konnte.

»Das werden wir nicht.« Ich ergriff ihre Hand, und

das Grollen wurde lauter. »Und selbst wenn wir es werden, sind wir verbunden. Wir werden einander immer finden.« Ich sah ihr in die Augen und Flammen flackerten auf, als sie mich zurück anstarrte. Flammen des Willens und der Entschlossenheit, angetrieben von der Stärke ihrer Liebe zu mir. Ich wusste, was sie fühlte, denn ich fühlte genau dasselbe und unsere Emotionen strömten durch unsere Verbindung wie ein reißender Fluss.

»Okay.« Sie nickte. Der Boden wackelte unter unseren Füßen und wir stolperten. »Und wenn wir den Berg hinunterfallen?«

»Dann fangen wir wieder von vorne an.« *Wenn wir vom Berg fielen, würde einer von uns sterben.* Ich fügte den Satz, der mir durch den Kopf ging, nicht hinzu, obwohl ich sicher war, dass sie ihn genauso gut kannte wie ich.

»Scheiß drauf, wir fangen nicht noch einmal von vorne an«, sagte sie, mit grimmigem Gesicht, als das Grollen zunahm und der Fels unter uns bebte. »Wir müssen von der Kante weg.«

Wir bewegten uns so schnell wie möglich durch den Schnee und drückten uns dicht an den Berg, während wir weitergingen. Die Erschütterungen hielten an, aber sie waren nicht stark genug, um uns von den Füßen zu reißen.

Wir liefen noch eine Stunde oder länger. Das Gelände wurde durch den prasselnden Schnee unsichtbar und wir konnten uns bei den häufigen Erschütterungen des Bodens nicht eine Sekunde lang entspannen. Felsen bröckelten und rollten an uns vorbei, und große Schneebretter stürzten regelmäßig von Vorsprüngen über uns herab und zwangen uns, unsere Schutzschilder hochzuwerfen.

»Hier ist etwas.« Bella musste die Worte zu mir zurückschreien, so laut war das Grollen des Bodens und das Knacken und Bröckeln von Gestein. Ich schaltete meine magischen Sinne ein und fand eine Masse von etwas vor uns. Etwas Mächtigem.

Kämpfen und gleichzeitig versuchen, an diesem verfluchten Berghang stabil zu bleiben, würde nicht einfach sein. Aufregung und Adrenalin schossen durch mich hindurch und verdrängten die Zweifel. Bella und ich konnten alles besiegen.

»Gut! Diese Wanderung langweilt mich«, rief ich zurück.

»Weißt du was? Mich auch.« Ihre Worte waren angestrengt und ich wusste, dass sie so viel Selbstvertrauen wie möglich in sie hineinzwang.

»Wir werden nicht getrennt werden, meine Liebe.« Ich schickte die Worte mental zu ihr und eine Welle von Wärme durchflutete meinen Bauch, die von unserer Verbindung herrührte.

Bevor sie jedoch antworten konnte, erbebte der ganze Berg und ein heller Blitz aus blaugrünem Licht schien durch den Schnee zu brechen. Gefrorener Puder flog überall hin, scharfe Eisklumpen begleiteten ihn und wir rissen unsere magischen Schutzschilder in die Höhe. Bella bewegte sich und warf sich so weit von der Kante weg, wie sie konnte, als der Boden noch heftiger bebte. Es gab ein langsames, hallendes Krachen und ich warf mich nach ihr, als eine Flutwelle von Schnee auf uns zu stürzte.

»Bella?«

»Hier bin ich. Was ist passiert?« Ich wälzte mich herum und die Oberfläche unter mir fühlte sich wie warmes Glas an. Es war vollkommen dunkel um uns herum.

»Ich habe den Schutzschild rechtzeitig hochgezogen ... aber wir sind untergetaucht.«

Ein schwaches Licht erfüllte den Raum, als Ares zu leuchten begann. Ich setzte mich auf und schaute mich um.

Er hatte recht. Wir befanden uns in einer Blase, die komplett von Schnee umgeben war. »Ähm, wie viel Luft haben wir?« Ich versuchte, die aufsteigende Angst aus meiner Stimme zu verbannen, scheiterte jedoch.

»Mehr als genug. Keine Sorge.”

»Was heißt das. Was ist genug?«

»Wir haben genug Luft für mehrere Stunden. Und außerdem werden wir nicht lange brauchen, um uns hier herauszugraben.« Er rückte näher an mich heran. »Bist du verletzt?« Ich schüttelte den Kopf. Die Schneemassen, die über uns hereingebrochen waren, waren kalt, aber nicht schmerzhaft.

»Nur ein bisschen kalt«, sagte ich ihm.

»Hier drinnen sind wir sicher, fürs Erste. Warum ruhen wir uns nicht einen Moment aus und wärmen uns auf?« Ich hob die Augenbrauen.

»Während wir im Schnee begraben sind?«

»Warum nicht? Hier gibt es zumindest keine seltsamen Stimmen und keine Chimäre.«

»Was passiert, wenn der Schutzschild versagt?«

»Es wird schon halten, solange wir keine andere Magie benutzen müssen.«

Ich legte den Kopf schief, unsicher, wie wohl ich mich bei der Vorstellung fühlte, lebendig begraben zu werden. »Was glaubst du, wie viel Schnee über uns liegt?«

»Nicht so viel, dass du dich nicht in Windeseile herauskatapultieren könntest, wenn es nötig wäre.« Seine Augen funkelten und ich wusste, dass er hinter dem Helm lächelte. Ich spürte sofort, wie ich mich bei diesem Anblick entspannte. Seine Augen waren so schön.

»Okay. Ich denke, wir könnten eine Pause gut gebrauchen.«

»Es wäre gut, wenn wir einen Weg finden könnten, uns aufzuwärmen, ohne Magie zu benutzen«, sagte Ares sanft und nahm seinen Helm ab.

»Hm. Irgendwelche Ideen?« Er verschränkte die Arme über den Knien und saß mir zugewandt da. All die Ernsthaftigkeit und Anspannung waren aus seinem Gesicht gewichen und seine Augen hatten sich mit einem köstlichen Versprechen verdunkelt.

»Oh ja. Ich habe eine sehr gute Idee.« Ich sah ihn ungläubig an.

»Meinst du etwa...?« Er zuckte mit den Schultern, ein verruchtes Lächeln legte sich auf sein schönes Gesicht.

»Ich weiß es nicht. Was denkst du, was ich meine?«

»Etwas, das wir auf keinen Fall vor dem Rest des Olymps tun dürfen«, zischte ich.

»Der Schutzschild hält uns vor den Augen der Zuschauer verborgen.«

»Wirklich?«

»Ja. Überzeuge dich selbst.«

Ich schickte meine Sinne aus, um das zu überprüfen. Der Schutzschild war solide, das war sicher, aber ich hatte keine Ahnung, wonach ich suchen sollte. Ich nahm meinen eigenen Helm ab und fuhr mit den Fingern über mein Haar, um das, was sich von meinem Zopf gelöst hatte, zurückzuschieben.

Ich wusste, dass er recht hatte und mich nichts so wärmen würde, wie sein Atem, seine Haut, sein Kuss. Konnte es einen besseren Weg geben, die Angst und das Zittern, die ängstliche Energie zu verdrängen, als uns daran zu erinnern, wofür wir gekämpft haben und uns gegenseitig Kraft zu schenken? Da war eine winzige Stimme in meinem Hinterkopf, die ich nicht zum Schweigen bringen konnte, die ihr eigenes Argument hinzufügte. *Dieser Berg ist tödlich. Es besteht eine sehr, sehr reale Chance, dass wir nicht überleben werden. Dies könnte eure letzte Chance sein.*

»Ich werde dir sagen, was uns ohne Magie wärmen wird«, sagte ich, fasste einen Entschluss und zog meine Geheimwaffe aus dem Rucksack.

»Bitte.«

»Das hier.« Ich zückte die schwere Flasche, die ich den ganzen Weg von London über den gefährlichsten Teil des Olymps geschleppt hatte und grinste ihn an.

»Tequila.« Diesmal war Ares an der Reihe, seine Augenbrauen zu heben.

»Das soll uns wärmen? Ist es wie Nektar?«

»Äh, so ähnlich. Es ist mehr ein Brennen als ein Wärmen, wenn ich ehrlich bin«, sagte ich, schraubte den Deckel ab und atmete den scharfen, vertrauten Duft ein. Die bernsteinfarbene Flüssigkeit glühte in dem goldenen Licht, das von Ares ausging.

»Ich werde nur unter einer Bedingung mit dir trinken.«

»Ach ja? Und was ist deine Bedingung?«

»Dass du nackt bist.«

Ich starrte ihn an, die Hitze baute sich bereits in mir auf, ohne dass der Tequila nachhelfen musste. »Ich nehme an, du wirst auch nackt sein?«

»Oh ja. Nackt und stets darum bemüht, dass du schön warm bleibst.«

»Nun, ich denke, das klingt fair. Du zuerst.« Ich schlug meine Beine übereinander, klemmte die Tequila-Flasche dazwischen und verschränkte die Arme. »Zieh die Rüstung aus, Kriegerjunge.«

Es gab nicht genug Platz in unserem Schneekokon, dass er aufstehen konnte, aber das hielt ihn nicht auf. In Sekundenschnelle war die Rüstung verschwunden und er saß in Hemd und Hose vor mir. Ich beobachtete hungrig, wie er am Saum seines Hemdes zog.

Verdammt, er war zum Anbeißen. Meine Muskeln zuckten, als ich mich davon abhielt, nach ihm zu greifen und mich dazu zwang, mir mein Verlangen nicht zu sehr ansehen zu lassen.

»Meine Hose ziehe ich erst aus, wenn du deine ausgezogen hast«, sagte er.

Ich kniff die Augen zusammen, nahm die Flasche in

die Hand und nahm einen Schluck, bevor ich sie ihm reichte.

Die Flüssigkeit brannte in meiner Kehle und ich war froh, dass meine göttlichen Kräfte dieses Gefühl nicht trübten. Tequila war immer noch ausgezeichnet, sogar als Göttin. Den Blick auf Ares gerichtet, begann ich, meine Lederrüstung aufzuschnüren.

»Dieser Schutzschild hält hoffentlich sein Versprechen und hält uns versteckt vor dem Rest der Welt«, sagte ich und zog an der Verschnürung.

»Das wird er.«

»Gut.« Ich zog mir mein Mieder über den Kopf.

Ares Augen weiteten sich und dann verfinsterten sie sich, als sein Blick auf meine Brüste fielen. Langsam kehrte sein Blick zu meinem zurück und er nahm einen Schluck aus der Flasche.

Er schluckte, dann stieß er einen langen Atemzug aus und lächelte. »Ich mag Tequila.« Mit einer schnellen Bewegung lehnte er sich vor und zog mich auf seinen Schoß. Ich quietschte, als er seinen Griff um mich festigte und mit der anderen Hand die Flasche anhob.

»Mehr?« Begierde tanzte in seinen Augen.

Ich versuchte, ihm den Tequila zu entreißen, doch er hob seinen Arm hoch, sodass ich ihn nicht erreichen konnte. Ich sah, wie meine Haut glühte, als ich mich danach reckte und er sprach. »Sei vorsichtig, Bella. Verwende keine Magie, sonst könnte der Schutzschild versagen.«

»Ich brauche keine Magie«, sagte ich und befreite mich sich aus seinem Griff.

»Ach nein?«

»Nö.«

Ich richtete mich über ihm auf und kaum ein Zentimeter lag zwischen mir und der Oberseite der Blase. Ich stand über ihm und er befeuchtete seine Lippen, als er zu mir hochschaute. Er schob die Flasche hinter seinen Rücken, wo ich sie nicht erreichen konnte.

»Komm hol sie dir.«

»Nein, ich habe einen besseren Plan.« Langsam hakte ich meine Daumen in den Bund meiner Hose.

Flammen loderten in seinen Augen auf und in der Ferne begann eine Trommel zu schlagen. Mein Herzschlag beschleunigte sich augenblicklich und passte sich ihrem Tempo an.

Ich zog und wackelte absichtlich mit meinem Hintern, als mein Slip mit meiner Hose zusammen zu Boden fiel. Beide blieben an meinen Stiefeln hängen, aber ich hatte keine Zeit, mich darum zu kümmern. Ares Gesicht war nur Zentimeter von mir entfernt und er holte scharf Luft, als er den Anblick auf sich wirken ließ.

»Du hast gewonnen. Hier ist der Tequila.« Er hielt die Flasche in die Höhe. Ich nahm sie mit einem Grinsen an, dann jaulte ich auf, als seine nun leere Hand meinen Arsch packte und mich nach vorne zog. Er drückte seine Lippen an die Oberseite meines Oberschenkels und ich keuchte und umklammerte die Flasche. Sein Mund bewegte sich schnell über die empfindliche Haut zwischen meinen Beinen. Seine Küsse waren intensiv und fordernd und ich spreizte instinktiv die Beine und gab mich ihm ganz hin.

Seine andere Hand stützte mich, als er seine Lippen um meine empfindlichste Stelle schloss.

»Oh Gott.« Meine Knie knickten ein wenig ein und ich griff in sein Haar, um mich an ihm festzuhalten und ihn tiefer in mich hineinzuziehen. Seine Zunge bewegte sich gekonnt, als hätte sie ihre eigene Art von Magie. Die

Lust schoss durch meinen ganzen Körper und ich spürte, wie sich seine Finger an der Innenseite meines Oberschenkels hinaufbewegten. Seine Finger streichelten und neckten mich im Takt seiner Zunge, wobei jede Bewegung dringliche Impulse des Verlangens durch meinen gesamten Körper sandte. »Oh Gott«, hauchte ich erneut, als sein Finger schließlich in meine Nässe eintauchte. »Ich brauche dich. Ares, ich brauche dich.«

Er sah zu mir auf und mein Atem stockte bei dem grimmigen Hunger in seinem Gesicht.

»Du hast mich«, knurrte er halb. Er ließ mich los und zog seine Hose aus. Er war hart und bereit. Das Verlangen ergriff mich bei seinem Anblick mit einer neuen Intensität. Die Trommeln schlugen lauter.

»Warte«, sagte er, als ich mich auf ihn zu bewegte. Er griff nach unten und begann, meinen linken Stiefel zu lösen. »Du musst in der Lage sein, deine Beine zu bewegen.« Er sah mich an, verrucht und schön und quälende Sehnsucht loderte in meinem Blut auf. Ich holte tief Luft, als er meinen Fuß aus dem gelockerten Stiefel hob und zum anderen überging. Ich erinnerte mich an die Flasche in meiner Hand und nahm einen weiteren Schluck. Mehr Feuer brannte durch mich hindurch und plötzlich war mir mein Stiefel egal.

Bevor er mich aufhalten konnte, sank ich in seinen Schoß, schlang mein linkes Bein um seine Taille und einen Arm um seinen Hals. »Ich brauche dich, Ares. Jetzt.« Ich platzierte sanfte Küsse an seinem Kinn entlang, als er mich an sich zog. Seine Brust hob sich und seine harte Männlichkeit drückte sich an meinen Bauch. Ich zog mich an ihm hoch, mit meinem Arm um seinen Nacken.

Er stieß ein lautes Stöhnen aus und ich erwiderte es,

als ich mich auf ihn herunterließ. Das Gefühl, dass er in mir war, mich ausfüllte, war jenseits aller Worte. Es war mehr als ein Gefühl - es war pure Euphorie. Ein Wohlgefühl, das mich bis in meine Seele berührte. Und verdammt, es fühlte sich gut an.

Ich spürte, wie ich mich zusammenzog, als ich ganz auf ihn sank und er erstarrte einen Moment. Dann hob mich sein starker Arm schmerzhaft langsam wieder in die Höhe. Unsere Lippen trafen sich und ich sank wieder nach unten, genoss ihn und verlor mich in den Wellen der Lust.

Wir schaukelten zusammen, und ich genoss jede Bewegung und ließ meinen Verstand jeden anderen Gedanken aufgeben. Die kleinen Bewegungen, das Streichen seiner Finger über meine Brustwarzen, das Schnalzen seiner Zunge über meinen Hals und meine Lippen, das leise Stöhnen, das er von sich gab, als ich meine Finger über seinen göttlichen Körper bewegte, kombiniert mit der Ekstase, in der sich unsere Körper verbanden, verursachten einen Druck, von dem ich wusste, dass ich ihn nicht lange halten konnte. Er begann sich schneller in mir zu bewegen und ich presste mich gegen ihn, das Gefühl der Fülle ließ mich nach Luft schnappen.

»Sag mir, dass du mich liebst«, knurrte er, während er meinen Nacken packte, hart in mich eindrang und seine andere Hand flach auf meinen Bauch presste. »Sag mir, dass du mir gehörst.«

Ich lehnte mich zurück, als der Druck ein Crescendo erreichte und er knurrte erneut, als ich die Worte keuchte: »Ich liebe dich.«

Durch meinen Orgasmus waren die Worte kaum für mich hörbar. Die Wellen der Befreiung schossen durch mich hindurch, meine Zehen kräuselten sich und mein Kopf drehte sich. Aber *er* hörte sie. Die Verbindung zwischen uns flammte glühend heiß auf, als er kam und mich so fest an seinen Körper zog, dass wir eine Person hätten sein können.

»Ich gehöre dir«, sagte ich, küsste sein Gesicht und schlang meine Beine fester um ihn. »Ich gehöre dir. Für immer.«

ACHTZEHN

BELLA

Der Berg war gespenstisch still, als wir aus unserem Schneekokon auftauchten. Der ganze Berghang war weiß geworden, bedeckt von einer dicken Schneeschicht. Ich konnte nicht einmal den Rand des Weges sehen, von dem ich wusste, dass wir uns auf ihm befanden. Es fiel kein Schnee mehr und kaum etwas bewegte sich.

»Wir müssen dicht am Berg entlanggehen, um die Kante zu vermeiden«, sagte Ares. Ich nickte und wir machten uns auf den Weg.

Während wir vorsichtig gingen, konnte ich nicht verhindern, dass das quälende Gefühl, das ich seit der Lawine hatte, in meinem Kopf stärker wurde. Ich hatte diesen Blitz erkannt. Die Farbe... Ich war mir sicher, es war genau die Farbe, mit der Zeeva geblitzt hatte. Zeeva war Heras Lakai und bei Hera war alles türkisfarben. War eines von Heras Monstern hier? Oder ihre Magie? Aber warum auch? Sie hatte gewollt, dass ich Erfolg habe.

Gerade als ich den ganzen Gedankengang verwerfen wollte, drängte sich die Anwesenheit meiner Katze durch den Helm in meinen Kopf. Ich ließ sie sofort herein, meine Überraschung war in meiner geistigen Stimme zu hören.

»Zeeva?«

»Bella, es tut mir leid«, war alles, was sie sagte und dann war sie weg. Ich blieb stehen, Verwirrung und Besorgnis durchfluteten mich.

»Ares, irgendetwas stimmt nicht. Zeeva hat gerade mit mir gesprochen. Sie sagte, es täte ihr leid.« Er warf mir einen ernsten Blick zu. »Meinst du, es ist etwas passiert? Abseits des Berges, meine ich?« Angst wegen Joshuas Sicherheit durchschoss meine Brust.

»Nein.« Ares Stimme war ein Krächzen.

»Was dann?«

»Ich glaube, König Schrecken ist in der Tat ein grausames Wesen. Ich glaube... ich glaube, er will wirklich, dass wir Angst bekommen. Ich hoffe, ich habe unrecht.«

»Unrecht in Bezug auf was?« Unbehagen sammelte sich in meiner Magengrube bei seiner Eindringlichkeit. »Ist Zeeva hier?«

»Ja, ich denke schon. Und ich glaube, Schrecken weiß, um jemandem so mutigen wie dir wirklich zu schaden, musst du gezwungen werden, einen Feind zu bekämpfen, den du nicht verletzen willst.« Ich starrte ihn an.

»Du denkst, er wird mich gegen Zeeva kämpfen lassen?«

»Vielleicht.«

»Nein.« Ich schüttelte den Kopf. »Das kann ich nicht. Schrecken könnte sie sowieso nicht zu etwas zwingen, was sie nicht will, dafür ist sie zu mächtig.«

Kaum hatte ich die Worte ausgesprochen, gab es

einen hellen, türkisfarbenen Blitz und eine Kreatur erschien vor uns auf dem Weg.

Mein Herz pochte in meiner Brust bei dem Anblick. Eine Katze, so viel war ganz sicher. Aber nicht die, die acht Jahre lang in meiner beschissenen Wohnung gelebt hatte und auch nicht die große, einschüchternde Katze, in die sich Zeeva verwandelt hatte, als ich sie verärgert hatte.

Diese war... majestätisch.

Sie war mindestens fünf Meter groß und nahm fast den ganzen Bergpfad ein. Ihr Schwanz war um sie herumgewickelt, während sie saß, und ihr Fell glänzte im Licht, das vom Schnee reflektiert wurde. Tödliche Krallen bestückten ihre Vorderpfoten und wo ihre Augen hätten sein sollen, befanden sich zwei schimmernde türkisfarbene Edelsteine. Von ihr ging eine Kraft aus, ein geschmeidiges Gefühl der Gefahr, das mir sofort Respekt einflößte. Ich hatte nicht den geringsten Zweifel, wen ich da vor mir hatte.

»Zeeva«, flüsterte ich, mein Herz hämmerte in meiner Brust.

»*Du darfst nicht weitergehen*«, sagte sie, ihre Stimme laut auf dem stillen Berg, aber ihr Mund bewegte sich nicht.

»Zeeva, warum bist du hier?«

»*Du darfst nicht weitergehen.*«

«Wie bringen sie dich dazu, das zu tun?«

Die Edelsteinaugen flackerten für eine kurze Sekunde auf und ihre Stimme erklang in meinem Kopf. »*Für dieses Tribunal darf Schrecken deine Angst testen und er darf alles benutzen, was dir am meisten Angst machen würde. Ich habe keine Wahl.*«

»Du darfst nicht weitergehen, ohne die Sphinx zu besiegen«, sagte sie laut.

»Ich werde nicht gegen dich kämpfen!« Der rote Nebel färbte meine Sicht, aber nicht in Bereitschaft zum Kampf. Es war eine Reaktion auf meine Wut. Für wen zum Teufel hielt Schrecken sich, dass er mir die einzige Freundin nahm, den ich hatte und mich zwang, ihr gegenüberzutreten? Das flößte mir keine Angst ein, sondern nur Wut, heiß und heftig.

»Du darfst nicht weitergehen, ohne die Sphinx zu besiegen. Und die Kraft der Sphinx ist tödlich.«

Wie um ihren Worten Nachdruck zu verleihen, bewegte sie sich schnell, fuhr ihre Krallen aus und schnappte sich etwas aus den riesigen Schneewehen neben ihr.

Ares und ich hielten beide unsere Schwerter bereit, aber dann sah ich, was sie in ihrer riesigen Pranke hielt. Es sah aus wie ein Waschbär, nur größer und überwiegend weiß. Mit ihren Edelsteinaugen, die auf mich gerichtet waren, schleuderte Zeeva die quiekende Kreatur in die Luft und schnippte mit ihrer Klaue. Das Ding war ausgeweidet, bevor es auf dem Boden aufschlug und bespritzte den strahlend weißen Schnee blutrot.

»Du darfst nicht weitergehen, ohne die Sphinx zu besiegen.«

»Nein!« Panik begann mit der Wut zu kämpfen, die in meinem Blut kochte. Wir mussten an ihr vorbeikommen. Wir mussten das Tribunal beenden. Aber ich konnte nicht gegen etwas so Starkes wie sie kämpfen und gewinnen, ohne sie zu verletzen. »Schrecken, du bist ein verdammter Mistkerl!« Ich brüllte die Worte, *Ischyros* brannte in meinen Händen. »Ares, was sollen wir tun?«

»Du darfst nicht weitergehen, ohne die Sphinx zu besiegen«, sagte Zeeva erneut.

»Ich weiß! Hör auf, das zu sagen!« Ich spürte, wie

mein Temperament überhandnahm, wie mir die Kontrolle entglitt.

»Bella, ich glaub sie sagt es aus einem bestimmten Grund.« In meinem Kopf hörte ich Ares Stimme, und er schaute mich nicht an. *»Sie betont das Wort* Besiegen. *Ich glaube, sie versucht dir etwas zu sagen.«* Ich sah zwischen ihm und meiner riesigen, wilden Katze hin und her.

»Du darfst nicht weitergehen, ohne die Sphinx zu besiegen.«, wiederholte ich ihre Worte. Sie sagte besiegen, nicht töten.

»Sphinx«, hauchte ich, als mich die Erkenntnis traf. »Sie ist eine Sphinx.«

»Erzähl mir ein Rätsel«, platzte ich heraus. »Wenn wir es richtig lösen, musst du uns weitergehen lassen.« Ich sah ein Funkeln in ihren Edelsteinaugen, bevor sie sprach.

»Drei Rätsel und ihr dürft passieren. Wenn ihr sie falsch löst, werdet ihr sterben.«

»In Ordnung.« Ich schaute zu Ares. »Bitte sag mir, dass du gut in Rätseln bist«, zischte ich.

»Nein.«

»Scheiße.«

»Und du?«

»Nicht wirklich.«

»Seid ihr bereit?« Zeevas Stimme durchschnitt meine aufsteigende Panik. Ohne auf meine Antwort zu warten, fuhr sie fort. »Ich bin das Ende von allem und jedem. Ich bin der Anfang der Menschheit, das Ende von Traum und vom Weltraum. Was bin ich?«

Oh Gott.

»Wir hätten sie bekämpfen sollen«, murmelte ich, während mir die Angst den Rücken hinunterlief. »Vielleicht hätten wir sie außer Gefecht setzen können, ohne bleibende Schäden zu hinterlassen, vielleicht-«

»Bella, hör auf zu reden, bitte. Konzentriere dich.« Ares Stimme war hart und bestimmend und ich schloss meinen Mund. »Viele Rätsel sind Worträtsel«, sagte er ruhig. »Lass uns das als Erstes ausprobieren.«

Ich nickte und versuchte, mich daran zu erinnern, was Zeeva gerade gesagt hatte.

»M«, sagte Ares plötzlich.

»Richtig«, antwortete die Katze.

»Warte, was?« Ich blinzelte Ares an.

»Die Antwort ist der Buchstabe M.«

»Oh, verdammt, danke dafür«, hauchte ich und atmete tief aus. »Du bist *doch* gut in Rätseln. Es sieht dir nicht ähnlich, bescheiden zu sein.«

»Bella, du musst dich beruhigen und dich konzentrieren.«

Er hatte recht. In meinem Kopf drehte sich alles, das Rot verschwamm mir immer wieder die Sicht.

»Sie ist *meine* Katze. Meine einzige Freundin hier. Meine einzige Verbindung zu meiner Vergangenheit. Das habe ich nicht erwartet.«

»Ich weiß, deshalb hat König Schrecken sie hierhiergeschickt. Wir kriegen das hin, okay?«

»Okay. Okay.« Ich wandte mich an die bungalowgroße Sphinx, der immer auf meinem verdammten Bett geschlafen hat. »Was ist das nächste?«

»Die ersten beiden Buchstaben stehen für einen englischen Mann. Die ersten drei Buchstaben stehen für eine englische Frau. Die ersten vier Buchstaben stehen für eine englische Legende. Wie lautet das Wort?«

Ich wiederholte das Rätsel in meinem Kopf, verbot meiner Aufmerksamkeit abzuschweifen.

»Es ist ein anderes Wort«, sagte Ares. »Was ist eine englische Legende?«

Die Antwort kam in Windeseile zu mir. »Ein Held! Hero! Er, sie. He, her, Hero!«

»Richtig.«

Ein weiterer Schlag der Erleichterung traf mich. Ein letztes noch.

»Was ist so zerbrechlich, dass das Aussprechen seines Namens es zerbricht?«

»Ein Wort?« Ich sah Ares an, erschrocken über die Sorge in seinen Augen.

»Es klingt nicht danach.«

Wir schwiegen beide, als wir über das Rätsel nachdachten. Ich wiederholte den Satz immer und immer wieder in meinem Kopf, versuchte herauszufinden, was die Antwort sein könnte, verwarf aber jede Möglichkeit, die mir in den Sinn kam.

Das Schweigen zog sich in die Länge und ich spürte, wie die Ruhe, die ich kurzzeitig in den Griff bekommen hatte, zu schwinden begann.

»Irgendeine Idee?«

»Pssst. Ich denke nach.«

Ich ärgerte mich darüber, dass ich zum Schweigen gebracht wurde und die Anspannung und Sorge in meinem Körper ließen mich zusammenzucken. »Nun, vielleicht sollten wir laut denken. Hier schweigend herumzustehen, ist verdammt noch mal nicht hilfreich«, schnauzte ich. Er funkelte mich an und begann zu sprechen, aber ich hob meine Hand, um ihn zu stoppen. »Warte. Ich glaube, ich kenne die Antwort.« Aufregung durchströmte mich, aber ich war mir nicht sicher genug, um zu riskieren, es herauszuschreien, falls es falsch war. Ares Blick wurde intensiver.

»Wirklich?«

»Stille. Ich denke, die Antwort ist Stille.« Er sagte einen Moment lang nichts, dann leuchteten seine Augen auf und er lächelte hinter seinem Helm.

»Ich glaube, du hast recht.«

»Sollen wir es riskieren?«

»Ja.« Wir drehten uns beide zu Zeeva um.

»Stille«, sagte ich laut. Es gab eine Pause, die eine verdammte Ewigkeit zu dauern schien, bevor die riesige Katze antwortete.

»Richtig. Ihr dürft weitergehen.«

Ohne ein weiteres Wort blitzte es und sie war verschwunden.

»Ehrlich gesagt, falls du König Schrecken nicht in eintausend Stücke zerschlägst, werde ich das ganz sicher tun.« Ich stapfte den Bergpfad hinauf, die Wut pulsierte noch immer in meinem Blut, während das Adrenalin durch meine Adern tobte.

»Wie wäre es, wenn wir das zusammen machen?«

»Ha. Was für eine beschissene Aktivität für ein Date.« Ich trat in den knöcheltiefen Schnee, als ich weiterging, die Müdigkeit vom stundenlangen Klettern war verschwunden, ersetzt durch wutgetriebene Kraft.

»Es wäre aber befriedigend. Und ich glaube, es ist notwendig. Schrecken braucht einen neuen, vielleicht weniger cleveren Gastwirt.«

»Womit wird er uns noch alles konfrontieren auf diesem blöden, eiskalten Berg?« Ich war jetzt in der Stimmung zu kämpfen. Der Zorn darüber, gegen meine eigene Katze ausgespielt zu werden, hatte mich wütend gemacht und das Lösen der verdammten Rätsel hatte, obwohl ich überaus erleichtert war, dass wir es geschafft hatten, nichts dazu beigetragen, diesen heftigen Drang zu lindern.

Ein kleiner Schauer des Unbehagens bei dem Gedanken an die schrecklichen Kinderstimmen im Wind drängte sich durch meine Wut. Ich wollte einen richtigen Kampf, keine gruseligen Geistermenschen, die ich bekämpfen sollte. Was wahrscheinlich bedeutete, dass es genau das war, was uns als Nächstes erwarten würde. Schrecken würde uns nichts geben, was wir leicht besiegen konnten.

»Wo ist nur diese Schneeleoparden-Chimäre mit ihren Freunden?«

»Ich dachte, du wolltest sie nicht töten? Du klingst, als wärst du bereit, etwas zu töten.« In Ares Stimme mischte sich Belustigung und Respekt.

»Verdammt, du hast recht. Aber ich will nicht wirklich etwas töten. Außer Schrecken.«

»Bella?«

Ich wirbelte herum, als die Frauenstimme meinen Namen rief, meine Haut wurde eiskalt und mein Herz blieb fast in meiner Brust stehen. »Bella, komm her!« Mein Magen verdrehte sich und Galle stieg in meiner Kehle auf, als ich mich drehte und nach der Besitzerin dieser ekelhaft süßen Stimme Ausschau hielt.

»Was ist los?« Ares war im Handumdrehen an meiner Seite.

»M-mein...« Ich beendete den gestotterten Satz nicht.

»Bella!« Die Angst schoss durch meinen ganzen Körper, *Ischyros* brannte weißglühend als Antwort. Erinnerungen durchzuckten mich. Schreckliche Erinnerungen. Erinnerungen, die ich lange Zeit versucht hatte zu vergessen.

»Meine Gefängniswärterin«, flüsterte ich und umklammerte mein Schwert mit beiden Händen.

»Ich bin hier, Bella«, sagte Ares und griff nach meinen Armen. »Es ist nicht real. Es ist nur der Berg.«

Aber als ich ihm in die Augen sah und seine Worte um mich herumzog, zuckte er zurück, seine Hände wurden von meinen Schultern gerissen.

»Ares!«, schrie ich, als er rückwärts durch den Schnee flog. Er brüllte vor Zorn und fuchtelte mit den Armen, aber eine unsichtbare Kraft drückte ihn gegen den steilen Berghang.

»Bella!«, schrie er und versuchte zu mir zu gelangen, aber er war offensichtlich unfähig, sich zu bewegen. Ich rannte auf ihn zu, prallte aber gegen eine unsichtbare Barriere. Ich schwang meine Klinge dagegen und sie ging direkt hindurch. Schreckens Stimme ertönte, fast, als ob der Berg selbst sprechen würde.

»Dieser Test ist nur für Bella. Ares darf nicht helfen. Du musst dich deinen Ängsten allein stellen.«

»Oh, Bella«, sagte die weibliche Stimme hinter mir. Ich schluckte und konnte kaum atmen, als ich mich umdrehte.

Die Gefängniswärterin stand drei Meter von mir entfernt, ihr ungewaschenes Haar zu einem Dutt aufgetürmt und ein grausamer Glanz lag in den Augen.

»Bella, so ein verdammt schlechter Name für dich.« Ich sah die Frau an, während sie sprach. »Du bist hässlicher, als du es je warst. Hässlich, dick und vollkommen wertlos. Warum bist du überhaupt hier, Bella?«

»Lass mich in Ruhe.« Die Worte entkamen meiner Kehle nur mit Mühe. Plötzlich war ich wieder in meiner Zelle. Dunkle Wände zogen sich um mich auf und schlossen mich ein. Sie schritt auf mich zu, und in ihrer Hand hielt sie ein Messer.

»Er liebt dich nicht, du gebrochenes kleines Flittchen. Er nutzt dich nur aus.«

Ich konnte mich nicht wehren. Sie hatte mich geschlagen, als ich das erste Mal in die Isolation kam. Als niemand da war, der sie sehen konnte. Als ich zurückschlug, zeigte sie mich an und meine Isolation wurde verlängert, zusammen mit meinen Prügeln.

»Zeit für einen neuen Haarschnitt, Bella.« Sie griff nach meinen Haaren und riss meinen Kopf zurück, als sie eine Handvoll davon erwischte. Ich konnte Whiskey an ihr riechen. »Du kannst mich auch schlagen, aber dann wirst du nur noch länger hier drin sein, allein mit mir.« Ihre Stimme war ein schadenfrohes Flüstern, als sie sich nah über mich beugte.

Hitze brannte hinter meinen Augen, als ich mir wünschte, dass der rote Nebel kommen würde.

Aber er war nie gekommen, als sie mir im Gefängnis das Leben zur Hölle gemacht hatte. Er kam immer zur falschen Zeit. Er kam, als ich mit denen zusammen war, die es nicht verdienten. Als ich ihn gegen dieses Monster gebraucht hatte, war er nie erschienen. Meine Angst vor ihr erstickte meine Kraft und meinen Mut. Sie prügelte sie aus mir heraus und ich konnte meine Frustration nur auslassen, wenn ich außerhalb ihrer Macht war, an all den falschen Stellen.

Ich dachte, wenn ich aus der Isolation herauskäme und wieder mit den anderen Mädchen zusammen wäre, würde ich meiner Angst vor ihrer grausamen Zunge und der Bestechung, um nicht zu verhungern, entkommen. Aber sie fand immer Wege, mich zu quälen, weil sie wusste, dass ich es nicht riskieren würde, wieder mit ihr allein zu sein. Als ich meine Zeit beendet hatte und ihr entkommen war, schwor ich mir, nie wieder die Angst gewinnen zu lassen. Ich schwor mir, meine gewalttätige Natur niemals am falschen Ort rauszulassen. Ich schwor, mich nie wieder an einem Ort aufzuhalten, an dem ich zu einem Monster werden könnte.

Denn ich wusste, dass sie mich eines Tages zu weit treiben würde. Ich war mir sicher, dass sie es auf einer gewissen Ebene auch wusste. All ihre Misshandlungen, waren da, um mich an meine Grenzen zu bringen. Und irgendwann würde sie es zu weit treiben. Ich würde mein ganzes Leben im Gefängnis verbringen, weil ich etwas Unverzeihliches tun würde, anstatt nur in den illegalen Kampfringen erwischt worden zu sein. Sie hätte das Monster in mir um ein Haar freigesetzt.

Ares kontrollierte das Monster in sich. Ich hatte es gesehen, in all seiner Grausamkeit und er konnte es kontrollieren. Der Gedanke breitete sich in mir aus, zuerst langsam, dann hielt er sich mit zunehmender Dynamik und meine lähmende Angst und Schock wichen rationalem Denken.

Als ihr heißer Atem meine Wange traf und ich spürte, wie das Messer durch mein Haar glitt, wurde mir klar, dass meine Angst gar nicht ihr galt. Es war meine Angst, die Kontrolle zu verlieren.

»Du bist nicht real.« Ich krächzte die Worte und sie hielt inne. Langsam bewegte sie ihr Gesicht noch näher zu meinem und führte das Messer an meine Kehle.

»Ich werde mich real anfühlen, wenn dieses Messer in dich eindringt«, schnatterte sie.

»Ich habe dich geschlagen. Ich habe die Kontrolle behalten und bin aus dem Loch rausgekommen. Du bist nicht real und ich habe schon gewonnen, verdammt.« Die

Worte zu sagen war, als würde irgendwo an einem schrecklich dunklen und verschütteten Platz in meinem Inneren ein Licht angehen.

Ich hatte meine Angst vor ihr immer als Versagen betrachtet. Aber die ganze Zeit über war ich die Siegerin gewesen. Ich hatte die Kontrolle behalten.

Ich schwang mein Schwert ohne nachzudenken, und die Angst, die mich an Ort und Stelle erstarren ließ, war weg. *Ischyros* drückte gegen ihren Bauch und ihre Augen weiteten sich, während ihr Kiefer herunterklappte. Das Messer fiel ihr aus der Hand.

»Du bist nicht real, also könnte ich dich töten, wenn ich wöllte«, sagte ich. Sie trat einen schnellen Schritt zurück.

Mit einem unheimlichen Kreischen begann sie vor mir ihre Gestalt zu ändern, ihre fahle Haut verwandelte sich in blassen Rauch. Innerhalb weniger Sekunden war sie verschwunden, weggeweht vom Schnee.

»Warte!« Nach all den Jahren, in denen ich eine so tiefe Angst vor dieser Frau gehegt hatte, wollte ich mehr Zeit haben, um in meinem Sieg zu schwelgen und in der Erkenntnis, dass ich mich weiterentwickelt hatte und ein besserer Mensch geworden war, trotz dem, was sie mir angetan hatte. Außerdem hatte es mir irgendwie gefallen, ihr zu drohen. Sie hatte es verdammt nochmal verdient, auch wenn sie eine Schöpfung von Schrecken war.

Aber sie war weg und der Bergpfad war leer, bis auf den Schnee. Ich drehte mich zu Ares um und Schreckens Stimme ertönte wieder.

»Zeit für den mächtigen Gott des Krieges sich zu beweisen.« Schreckens Stimme enthielt kaum verborgene Freude und sie ließ mich erschaudern. Mein Körper begann sich aus eigenem Antrieb zu bewegen und ließ mich hart gegen den Berghang schleudern, während Ares auf die Stelle zu schoss, an der ich gestanden hatte. Seine Augen trafen meine, als wir aneinander vorbeikamen und die Angst in ihnen ließ mein Herz in meiner Brust stottern.

Er war verängstigt.

Er wusste, was kommen würde.

ZWANZIG

BELLA

»Es tut mir leid.« Seine Stimme klang in meinem Kopf, vollgeladen mit Schmerz. Bevor ich antworten konnte, humpelte eine winzige, schrumpelige alte Dame in mein Sichtfeld.

»Warum suchst du das Orakel auf?« Ihre Stimme war tief und kristallklar, ganz und gar nicht so, wie ich erwartet hatte, dass sie klingen würde.

»Nein«, krächzte Ares. »Bitte.«

»Du willst wissen, ob du die Welt beherrschen kannst?«

»Nein! Ich will die Welt nicht!«

Es war, als hörte sie eine andere Antwort, als er sie gab.

»So ein junger Gott, so hohe Ansprüche«, sinnierte das Orakel. »Du bist kaum geboren und suchst Antworten auf Fragen, die ich dir nicht geben kann.«

Ich schluckte schwer, als mir klar wurde, was ich da sah. Ares durchlebte gerade eine Erinnerung, genau wie ich.

»Ich brauche deine Hilfe nicht«, krächzte Ares. Das Orakel lachte.

»Nun gut. Da du so weit gereist bist, werde ich dir etwas sagen. Du bist stark, aber du könntest noch stärker sein. Es gibt jemand anderen, der deine Stärke teilt.«

Mein Atem stockte und mein Magen kribbelte. Ares wandte sich vom Orakel ab, um mich anzustarren.

»Es tut mir leid«, sagte er, kaum hörbar. Das Orakel sprach weiter.

»Solange sie lebt, wirst du niemals unsterblich sein. Die Stärke eines Gottes muss seine eigene sein und solange sie zwischen zwei Wesen aufgeteilt ist, wirst du schwächer sein als deine Brüder. Solange sie lebt, wirst du immer nur einen Teil deiner wahren Macht haben.«

Das Orakel schimmerte und verschwand und ein großes Bett ragte aus dem Schnee hervor. Darin schlief eine junge Frau mit kurzen blonden Haaren, die über dem Kissen aufgefächert waren.

Das war ich.

»Nein!«, rief Ares, als eine Version von ihm ohne Rüstung und mit viel kürzerem Haar durch den Schnee schritt. »Lass sie in Ruhe!«

Ich holte kaum Luft, als ich sah, wie der jüngere Ares das Bett erreichte und einen glänzenden Dolch aus seinem Gürtel zog. Er neigte den Kopf, als er ihn über mich hob, dann hielt er inne. Langsam weiteten sich seine Augen, wurden für den Bruchteil einer Sekunde weich, bevor sie wieder stählern wurden. Er steckte den Dolch zurück in seine Scheide, hielt beide Hände über meine schlafende Gestalt und schloss konzentriert die Augen. Meine Gestalt begann rot zu leuchten, dann verschwand sie.

»Ich hätte es dir sagen sollen. Ich-Ich-« Ares brach ab, als sich das Bild vor uns wieder veränderte.

Diesmal war ich in bäuerlicher Kleidung gekleidet, gebückt und mit Schlamm im Gesicht. Ein Pferd galoppierte den Bergpfad entlang, ein stahlverkleideter Reiter schwang ein Schwert. Mein Gesicht verhärtete sich, als ich mich aufrichtete, keine Angst auf meinen jugendlichen Zügen. Aber ich hatte keine Chance gegen den Reiter.

Ich konnte nicht verhindern, dass ich scharf einatmete, als das Schwert des Reiters meinen Kopf von meinen Schultern trennte. Ares stieß einen erstickten Laut aus und das Bild veränderte sich erneut. Diesmal war ich als Magd gekleidet und mit einem Staubwedel in der Hand beschäftigt. Ich beobachtete, kaum atmend, wie Flammen auf dem Schnee aufloderten und meine Erscheinung schmerzhaft langsam verzehrten.

»Nein«, würgte Ares hervor.

Das Bild veränderte sich erneut und wie ein verkorkster Zeitstrahl der Menschheitsgeschichte sah ich mich selbst sterben, wieder und wieder, in einer anderen Zeit und an einem anderen Ort.

Mein Verstand konnte den Bildern keinen Sinn geben, konnte nicht verarbeiten, was es bedeutete.

»Was ist das?«

»Ich konnte dich nicht töten. Das Orakel sagte, ich müsse dich töten, um meine wahre Unsterblichkeit zu erlangen, aber etwas hielt mich davon ab. Also habe ich dich vom Olymp weggeschickt, damit ich meine Macht nicht teilen muss. Und... Und statt durch meine Hand zu sterben, starbst du tausendfach in der Welt der Sterblichen.« Seine Stimme brach beim letzten Wort und intensiver Schmerz erschütterte unsere Verbindung, so dass sich meine eigenen Augen mit brennenden Tränen füllten.

Das war es, was Ares getan hatte, was er mir nicht sagen konnte.

Und jetzt, auf diesem Berg, war er gezwungen, seine schlimmste Angst zu durchleben. War es, dass ich es herausfand? Oder war es, dass er die Konsequenzen seines Handelns sehen musste?

Ich starrte stumm auf das Bild vor uns, wie ich blutig und verwundet in einem zerrissenen altmodischen Kleid auf einem schmutzigen Bett lag. Eine kleine Katze mit bernsteinfarbenen Augen rollte sich neben mir zusammen, als das Leben aus meinen Augen wich.

Zeeva sagte, sie sei schon länger bei mir, als ich ahnen kann. Das hier war real. Ich hatte tausend Leben gelebt, an die ich mich nicht erinnern konnte. Ares hatte mich aus der Welt verbannt, in die ich gehörte und ich hatte stattdessen einen endlosen Kreislauf von machtlosen, gewalttätigen Leben gelebt.

Ich habe nie dazugehört. Und das hatte ich auch nicht.

»Du kamst zurück, um mich zu holen, als du deine Macht gebraucht hast. Als Zeus dir deine nahm, hast du mich nach Tausenden von Jahren aufgesucht.«

Ares Blick war pure Qual, als ich sprach.

»Aber wenn das nicht passiert wäre, wäre ich immer noch da. Dazu bestimmt, unglücklich zu sterben, nur um wieder von vorne anzufangen. In einer Welt, in die ich niemals gehören würde, in der ich niemals Zufriedenheit oder Freude finden würde.«

Eine heiße Träne glitt mir über die Wange. Bei dem Gedanken daran, für eine Ewigkeit in endlosem Unglück gefangen zu sein, wurde mir schlecht. Und der Schmerz, der von Ares direkt in meinen Bauch rollte, machte mich unsicher. Ich konnte die Gefühle nicht einordnen. Ich konnte nicht herausfinden, was wichtig war und was nicht geheilt werden konnte oder mich interessierte. Ich sah zu, wie mir ein alter Ägypter hinter Ares ein kurzes Messer in die Brust stieß.

»Es tut mir leid«, sagte er. Niemals hatten zwei Worte aufrichtiger geklungen, mehr mit Wahrheit gefüllt. Aber sie sanken nicht ein, die Offenbarung des Lebens, das ich gelebt hatte, nahm zu viel Platz in meinem Kopf ein.

Keiner von uns sah die Chimäre, bis sie zuschlug.

Ein massives Gewicht schlug auf mich ein. Ich spürte Schmerzen im Oberschenkel und in der Schulter und dann krachte ich durch eisigen Schnee. Rot legte sich über meine schummrige Sicht und meine Umgebung wurde langsamer, als meine Kriegssicht einsetzte.

Die Chimäre rollte sich mit mir, der Kopf des Schneeleoparden bäumte sich auf, um zuzubeißen. Ich zuckte mit dem Kopf, als sich unser Rollen durch den Schnee in Zeitlupe fortsetzte und ich auf der Kreatur landete. Ich sprang auf und schrie vor Schmerz auf, als der Muskel in meinem Oberschenkel sich anfühlte, als würde er mir aus dem Körper gerissen werden. Ich knallte zurück auf die Chimäre, mein Sprung wurde unterbrochen.

Ich schnappte nach Luft und sah auf mein Bein hinunter. Die Kiefer der Schlange waren fest darum geschlossen. Ein stechender Schmerz durchzuckte meine andere Schulter und mir wurde klar, was meine Ablenkung mich gekostet hatte. Der Leopardenkopf zog sich zurück, ein Stück meines Fleisches hing aus seinem Maul.

Energie schoss durch meinen Körper, Schmerz verwandelte sich blitzschnell in Wut. Das Bild von mir in dem purpurnen Kleid mit einer Armee im Rücken erfüllte meinen Geist und ich ließ all meinen Zorn auf die Chimäre los, stieß *Ischyros* in ihr Herz, während wir über den Bergpfad schlitterten.

Es funktionierte.

Die Chimäre wurde mit größerer Kraft nach hinten geschleudert, als ich es für möglich gehalten hätte und ich schrie erneut auf, als die Kiefer der Schlange von meinem Bein abließen. Innerhalb einer Sekunde wurde mir jedoch klar, dass ich einen Fehler begangen hatte. Der Schwung, der dadurch entstand, dass die Kreatur von mir weggeschleudert wurde, wirkte in beide Richtungen und ich flog fast mit der gleichen Geschwindigkeit wie die Chimäre rückwärts.

Als mein Rücken den Boden berührte, kam ich ins Schleudern. Ich rutschte durch den Schnee und versuchte verzweifelt, irgendetwas zu finden, woran ich mich festhalten konnte und nahm dabei vage wahr, wie die Chimäre gegen den steilen Berghang prallte. Wenn die Chimäre gegen den Berg geschleudert worden war, bedeutete das, dass ich mich in die entgegengesetzte Richtung bewegte. In Richtung der Kante des Bergpfades.

»Bella!« Ares Gebrüll war ohrenbetäubend, dann stieß ich gegen etwas Weiches, aber Festes, das mich zur Seite schleuderte. Es war seine Barriere, die ich sofort erkannte, als er sie benutzte, um mich am Fallen zu hindern.

Magie, du verdammte Idiotin! Du besitzt Magie!

Ich schöpfte aus der Quelle der Macht, die in mir brannte und beschwor meine eigenen Wände aus Luft um mich herum herauf. Mit einem schmerzhaften Aufprall traf ich auf die erste, dann die zweite, bevor ich gnädigerweise zum Stoppen kam. Ich schloss die Augen und ließ meinen Kopf auf den Boden sinken, schickte meine Kraft sofort zu meinem Bein und versuchte, es zu heilen. Ich schaute nicht hin. Ich wusste, dass es schlimm aussehen musste.

»Bella! Geht es dir gut?«

Ein Knurren ließ meine Augen wieder aufschnappen. Wie zum Teufel hatte die Chimäre den harten Aufprall am Berg überlebt?

Ich setzte mich so schnell ich konnte auf und suchte mit meinen Augen den Bergpfad ab, aber es war schwer, mehr als ein paar Meter durch den Schneesturm zu sehen. Immerhin konnte ich das goldene Glühen von Ares sehen.

»Ares?« Ich schrie, dann setzte mein Herz in meiner Brust für einen Moment aus, als er auf mich zustürzte, während eine Chimäre nach seiner goldenen Rüstung schlug. Diese Chimäre hatte jedoch eine rote Schlange als Schwanz. Es war eine andere.

Immer mehr Knurren ertönte, wurde lauter und mein Herz begann hart gegen meinen Brustkorb zu pochen. Ares schwang sein Schwert, wodurch die Kreatur mit dem roten Schwanz ein wenig zurückwich, als mindestens sechs weitere durch den Schneesturm ins Blickfeld kamen. Sie liefen alle geduckt, flach am Boden, und die Schultern wippten, während sie sich näherten. Bereit, sich auf uns zu stürzen.

Ich schaute auf meinen Oberschenkel hinunter und wusste bereits, dass ich nicht in der Lage sein würde, aufzustehen. Bei diesem Anblick stieg mir die Galle die Kehle hoch. Ich konnte Knochen sehen. Meine Magie war stark genug, um den Schmerz größtenteils zu stoppen, aber sie konnte mein Bein nicht rechtzeitig heilen, damit ich kämpfen konnte.

Angst kroch über mich, startete in meiner Brust und zog weiter nach außen, ein eisiges Grauen, das durch meine Glieder kribbelte und meinen Kopf beherrschte.

»Ares!« Eine der Kreaturen sprang auf ihn zu, dicht gefolgt von einer zweiten. »Ares!« Er hatte seinen Schutzschild hochgehalten und bewegte sich schnell, landete einen Schlag nach dem anderen auf den riesigen Kreaturen, aber es waren sechs Köpfe mit bösartigen Zähnen und Hörnern und er war alleine. Ein dritte schloss sich dem Kampf an.

»Ich werde dir deine Kraft nicht nehmen! Du brauchst sie, um dich zu heilen«, brüllte der Kriegsgott, während er sich duckte und auswich und sich zwischen mir und der Meute hielt.

Ich versuchte aufzustehen, indem ich mein Schwert benutzte, um mich hochzudrücken, aber mein nutzloses Bein gab nach, bevor ich auch nur halbwegs weiterkam.

Frustration entwich mir mit einem Brüllen.

Er konnte sie nicht allein besiegen. Und schon gar nicht, wenn er meine Kraft nicht annehmen würde.

»Du musst! Nimm sie und verteidige uns!«

Er antwortete nicht, konnte nicht antworten, als sich eine weitere Chimäre dem Kampf anschloss und nach seinen Füßen schnappte.

Die Wut darüber, nichts tun zu können, packte mich und ich versuchte noch einmal zu stehen, ohne mein verletztes Bein zu benutzen. Mit Hilfe meiner Klinge schaffte ich es, auf ein Knie zu kommen, aber meine Euphorie war nur von kurzer Dauer.

Es waren zu viele Chimären für Ares, um sie zurückzuhalten und ich hatte kaum Zeit, meinen Schutzschild hinaufzubeschwören, bevor sich eine auf mich stürzte.

Anders als zuvor rutschte ich nur für den Bruchteil einer Sekunde, als ich von der Kraft der Kreatur nach hinten geschleudert wurde. Als ich begriff, was geschehen war, war es zu spät.

Ich fühlte eine fast gleichgültige Taubheit, als ich spürte, wie der Boden unter mir verschwand und hörte einen animalischen Schrei von der Chimäre, als auch sie begriff, was geschah.

Ich fiel. Ich fiel durch die Luft, mit nichts als Schnee um mich herum. Ich würde den Fall überleben. Aber Ares würde in den Klauen der Chimären sterben. Bei dem Gedanken an sein Gesicht spürte ich eine Woge der Qual durch unseren Band und Angst um sein Leben überkam mich.

Instinktiv begann ich, meine Kraft auf diese Verbindung zu lenken und sie zu zwingen, meinen Körper zu verlassen, um ihn zu erreichen. Alles, was ich über ihn gelernt hatte, meine Vergangenheit, was er mir angetan hatte, wurde bedeutungslos bei dem Gedanken, ihn zu verlieren.

Einen Moment lang dachte ich, es würde funktionieren. Ich konnte spüren, wie die Kraft meinen Körper verließ, die Verbindung aufflammte. Aber dann schlug ich auf den Boden auf.

Ich erwachte mit einem Ruck der Angst und blitzende Lichtsterne durchzogen meine Sicht, als ich mich keuchend aufsetzte.

»Ich lebe« Die bestürzten Worte kamen wie ein Krächzen heraus, das sich in ein Heulen verwandelte, als der Schmerz mich traf.

Mein Bein. Ich blickte nach unten und kämpfte beim Anblick der klaffenden Wunde gegen meinen Brechreiz an. Ich schloss die Augen, sog die Luft ein und versuchte, meine zerstreuten Gedanken zu sammeln, mich zu konzentrieren. Alles war verschwommen, Erinnerungen und Emotionen stürmten in meinem Kopf herum wie freigelassene Tiere und mein Körper war halb taub und halb flammend vor Schmerz. Es war, als ob mein Bein so viel von meinem Körperbewusstsein in Anspruch nahm, dass alles andere an Gefühl verloren hatte.

Reiß dich verdammt noch mal zusammen, Bella. Das Wichtigste zuerst: Wo bin ich? Und wo ist Ares?

Ich öffnete die Augen und sah überall hin, nur nicht auf mein verletztes Bein.

Es war dunkel, aber ich konnte genug sehen, um festzustellen, dass ich in einer Zelle war.

Panik krampfte sich in meiner Brust zusammen, als die Erkenntnis, dass ich eine Art Gefangene war, einsetzte. Ich versuchte, mich zu bewegen, als ein Rasseln ertönte.

»Oh Gott.« Meine Handgelenke waren mit Handschellen gefesselt. Der Schmerz in meinem Bein war so schlimm, dass er die Tatsache verdrängte, dass ich verdammt noch mal angekettet war. Verzweifelt hob ich die gefesselten Hände zu meinem Kopf.

Mein Helm war weg. Und *Ischyros* war es auch.

»Nein, nein, nein.« Ich spürte, wie sich die Panik steigerte, wie sich Angst und Verwirrung aufbauten. Aber die Energie kam nicht mit ihr. Kein roter Nebel, keine aufsteigende Kraft. Ares hatte mir von Handschellen erzählt, die den Einsatz magischer Kräfte verhindern. Er hatte gesagt, sie könnten bei dem Dämon eingesetzt werden.

Aber er hatte auch gesagt, dass nur die drei Brüder Zeus, Hades und Poseidon sie benutzen können. Das bedeutete doch, dass sie es nicht sein konnten?

Ich schnappte nach Luft und kämpfte darum, die Kontrolle zu behalten. Ich konnte den brennenden Energieball spüren, heiß und bereit unter meinen Rippen. Er war immer noch da. Ich versuchte, ihn in mein Bein zu schicken, um den lähmenden Schmerz zu lindern. Aber nichts geschah.

Finde Ares. Erinnerungen an den Berghang schossen mir durch den Kopf, Verbitterung blitzte in mir auf, weil ich meinen eigenen Tod wieder und wieder erleben musste...

»Nicht jetzt, Bella«, zischte ich laut. »Ich muss mich um wichtigere Dinge kümmern.«

Ich musste wissen, wo ich war, und wer mich angekettet hatte. Das war mein dringendstes Problem. Das und die Wunde an meinem Bein.

Die Umgebung zuerst, dachte ich und wehrte mich immer noch dagegen, zu schauen, wie schlimm die Verletzung war.

Ich saß auf einem Holzboden und die Wände an drei Seiten des kleinen Raumes waren ebenfalls mit Holz getäfelt. Die letzte Wand bestand aus einer Reihe von hohen Eisengittern. Zellengitter.

Langsam dämmerte mir die Erkenntnis, als ich auf die Vertäfelung starrte. Ich hatte sie schon einmal gesehen, in dem Raum mit den Steintischen.

Ich war auf dem Dämonenschiff.

Wie war das möglich? Ich sollte bei den Ares-Tribunalen dabei sein! Niemand sollte sich dort einmischen!

Eine neue Angst erfasste mich, aber dieses Mal um Ares. Sie war instinktiv und überlagerte das Chaos darüber, was ich kürzlich über ihn erfahren hatte. Was auch immer in der Vergangenheit geschehen war, ich wusste, dass ich nicht wollte, dass er stirbt. Bei dem Gedanken stieg mir Galle die Kehle empor und ich suchte in meinem Inneren nach der Verbindung zu ihm. Hera hatte bestätigt, dass es zwei getrennte Verbindungen zwischen uns gab. Die eine, die von Anfang an da war, die ich spürte, wenn er meine Kraft benutzte, war leblos, die Entfernung zwischen uns war zu groß, als dass sie hätte funktionieren können. Aber die andere, die später aufblühte und seine Gefühle, seine Gegenwart, sein ganzes Wesen zu mir trug, war die, die ich suchte.

Ein schwacher Funke der Angst durchfuhr mich und

ich wusste, dass es nicht meine eigene war. Ares war am Leben. Aber weit, weit weg.

Mit einem Anflug von Erleichterung versuchte ich erneut, meine Kräfte zu mobilisieren und zwang mich schließlich, den Biss in meinem Oberschenkel anzuschauen. Das Blut war geronnen, also bestand keine unmittelbare Gefahr durch Blutverlust, aber die Stelle war glühend heiß und viele Schichten von Muskeln und Fleisch waren über dem blassen Knochen sichtbar. Es gab keine Möglichkeit, mit der ich eine Infektion vermeiden konnte. *Wenn es nicht schon vergiftet ist.* Ich wusste aus meiner früheren Erfahrung mit dem Mantikor, dass die Kreaturen im Olymp neben all den Zähnen und Krallen noch viele andere fiese Arten hatten, um zu töten.

Als meine Heilkraft nicht reagierte, versuchte ich, einen Feuerball hinaufzubeschwören, aber nichts geschah. Frustrierte Wut baute sich in mir auf, je länger ich versuchte und daran scheiterte, die brennende Energie, die in meinem Körper gefangen war, zu nutzen. Das war alles, was ich tun konnte, um vor Frustration nicht anzufangen zu schreien.

Ich hatte mein ganzes Leben damit verbracht, mich zu fühlen, als würde ich von innen heraus explodieren. Als würde eine Person, die zehnmal größer war als ich, versuchen, aus dem Körper auszubrechen, in dem sie gefangen war.

Und ich vermutete jetzt, dass ich viele, viele Leben damit verbracht hatte, mich so zu fühlen. Mit nichts als Schmerz als Ablenkung bahnte sich Ares Offenbarung ihren Weg durch meine anderen Gedanken und forderte meine Aufmerksamkeit.

Wie viele Leben hatte ich gelebt? Es überraschte mich nicht, dass so viele von ihnen gewaltsam geendet hatten. Das Bedürfnis nach Konfrontation war ein Teil von mir. Wurde ich jedes Mal besser darin es zu kontrollieren, wenn ich in ein neues Leben geboren wurde?

Zeeva hatte mir gesagt, dass meine Kraft im Laufe der Jahre aus mir heraus und in meine Klinge gesickert war. Ich fühlte einen knochenbrechenden Schmerz, als ich an *Ischyros* dachte. Aber ihre Worte machten jetzt Sinn. Die Kraft hatte mich verlassen und sich über Tausende von Jahren in der Waffe gespeichert, nicht nur über diese kurze Lebensspanne.

Ares hat mir das angetan. Seine schmerzerfüllten Worte auf dem Berg kamen mir wieder in den Sinn. »*Anstatt durch meine Hand zu sterben, bist du tausende Tode gestorben.*«

Aber ich erinnerte mich an keinen dieser Tode. Tatsächlich war es nicht das wiederholte Sterben, das mein Herz vor Verrat zerreißen ließ. Stattdessen war es die Gewissheit, dass jeder neue Anfang genauso schrecklich und unerfüllt sein würde wie der letzte. Es war der Gedanke daran, immer wieder dasselbe erbärmliche Scheißleben zu führen, der heiße Wut und Zorn unter meiner Haut blubbern ließ. Er hatte sich entschieden, mich in einem endlosen Kreislauf von Leid gefangen zu halten.

Konnte ich ihm das verzeihen?

Wäre es mir lieber gewesen, er hätte mich im ersten Leben umgebracht?

Nein. Ich bin jetzt hier. Und er liebt mich.

Ich wusste, dass er mich liebt. Kein Zweifel, dass der Ares, der auf dem Berg vor mir stand, jetzt die gleiche Entscheidung treffen würde. Er hatte geplant, mir die Wahrheit zu sagen. Nach den Tribunalen. Er hatte geplant, sich seiner Angst zu stellen und den Konsequenzen, die das mit sich brachten.

Aber er hatte mir mein Leben im Olymp genommen, meine Macht und die Familie, die ich möglicherweise gehabt hätte. Er muss gewusst haben, dass ich niemals in die Welt der Sterblichen gehören würde. Wusste er, wie gefangen und unglücklich ich mich fühlen würde, für immer? Schlimmer noch, dass Habgier seine Motivation war. Gier nach Stärke und Macht, schlicht und einfach.

Ich knirschte mit den Zähnen und ließ mich zurück auf die Bretter fallen, meine Schulter und mein Bein pochten vor Schmerz und Frustration und Traurigkeit drohte mich zu überwältigen.

Ich hatte noch nie etwas gefühlt wie das, was ich für Ares empfand. Ich war mit ihm verbunden, auf eine Weise, die über alles Greifbare hinausging. Meine Seele, so alt und verkorkst sie auch sein mochte, war mit dem Kriegsgott auf eine Weise verbunden, von der ich wusste, dass sie nie wieder rückgängig gemacht werden konnte.

Ich hatte jedenfalls den größten Teil dieses Lebens an dem Glauben festgehalten, dass ein Mensch sich ändern kann, dass er Fehler machen und von ihnen zurückkehren kann. Wenn uns unsere Fehler nicht vergeben werden konnten, dann war ich ein hoffnungsloser Fall. Für meine eigene Vernunft musste ich an der Vergebung festhalten.

Aber konnte ich ihm verzeihen?

Ares war nicht mehr derselbe Mann, der mich in dieses Scheißdasein geschickt hatte, oder?

Das nächste Mal, als ich aufwachte, hörte ich eine klare, fröhliche Männerstimme.

»Frühstück?«

Ich setzte mich schnell auf und schaffte es dieses Mal, das Stöhnen vor Schmerz zu unterdrücken.

Die rasende Wut hatte mich so lange wachgehalten, wie mein Körper es aushalten konnte, aber der Sturz vom Berg hatte gesiegt und schließlich hatte ich komplett abgeschaltet. Kein Traum hatte mich gestört und ich hatte überhaupt keine Ahnung, wie lange ich geschlafen hatte. Mein Körper schmerzte vom Liegen auf den Holzbrettern, obwohl diese Beschwerden kaum spürbar waren gegenüber dem Pochen in meinem Bein. Ich bildete mir ein, dass es etwas weniger war als beim ersten Mal, als ich aufgewacht war.

»Wer bist du? Warum bin ich hier?«, rief ich und blinzelte in die Finsternis.

Durch die Gitterstäbe der Zelle drang sanftes Licht in die Dunkelheit und ließ meine Augen tränen.

»Ich dachte, du möchtest vielleicht etwas zu essen.« Das hübsche Gesicht von König Schmerz kam auf der anderen Seite der Gitterstäbe zum Vorschein. Er trug Kleidung der Erimosier und ein breites Grinsen lag auf seinem Gesicht.

»Was zum Teufel ist hier los? Warum bin ich nicht mehr im Tribunal?"

»Du hast verloren, kleine Göttin.« Vorfreude tanzte durch seine dunklen Augen.

»Was?«

»Du hast es nicht bis zum Gipfel geschafft. Du bist vom Berg gefallen und Ares wurde von der Chimäre überrollt, als er den Zugang zu deiner Kraft verlor.«

»Ist er verletzt?«

»Ja. Er wird wahrscheinlich innerhalb der nächsten Stunden sterben.« Pure Freude stand ihm ins Gesicht geschrieben und weißglühende Wut krallte sich in meiner Brust fest.

»Wenn er stirbt, schwöre ich bei Gott -« König Schmerz unterbrach mich.

»Du kannst nichts tun, kleine Göttin. Wenn er stirbt, wirst du die neue Göttin des Krieges werden. Und Schrecken hat einen Deal gemacht. Wenn Ares die Tribunale verliert, kriegen wir den Kriegsgott.«

»Ihr... ihr nehmt mich an seiner Stelle?«

»Natürlich. Was sollten wir mit einem toten Gott wollen?«

»Die anderen Olympier werden ihn nicht sterben lassen«, sagte ich verzweifelt.

»Die anderen Olympier haben keine andere Wahl. Er hat freiwillig an den Tribunalen teilgenommen und war sich der Risiken voll bewusst. Und außerdem ist er für sie jetzt nutzlos; er hat keine Macht. Die hast du allein.«

Mir wurde schlecht, als ich den schadenfrohen König anstarrte. Mein Kopf schwamm, unfähig, seine Worte zu glauben.

»Er ist ein Gott. Er kann nicht sterben.«

»Nein. Ihr beide zusammen seid ein Gott. Die Macht braucht nur einen von euch. Also, willst du dieses Essen?«

»Fahr zur Hölle«, spuckte ich. »Wo ist Ares?«

»Zu weit weg von hier, als dass deine Hilfe ihn erreichen könnte.« Sein Blick wanderte zu den Handschellen an meinen Handgelenken.

»Was sind das für Handschellen?« Ich zog an ihnen. Angst und Wut stiegen in einem solchen Schwall in mir auf, dass ich mir meiner Handlungen kaum bewusst war.

»Sie werden dich daran hindern, ihn zu retten«, lächelte er. Er beugte sich vor und stellte das Tablett vor dem Gitter auf dem Boden ab. »Schrecken wird dich holen, wenn Ares seinen Kampf mit dem Tod endlich aufgegeben hat. Wir erwarten Besucher und wenn sie kommen, musst du ihnen vorgestellt werden.«

Mit einem letzten beschissenen Grinsen drehte er sich um und ging, das Licht mit sich nehmend.

Ein verzweifeltes Geräusch entkam meiner Kehle, als ich in mir nach der Verbindung zu Ares suchte. Die Angst packte mich noch fester, als ich mich daran erinnerte, was Hera gesagt hatte. *Entfernung schwächte das Band zwischen unseren Seelen nicht.* Die Erkenntnis ließ meine brennenden Augen mit Tränen füllen. Die Verbindung war so schwach, weil Ares schwach war. In einem Anflug von Gewissheit wusste ich, dass Schmerz die Wahrheit sagte.

Ares lag im Sterben.

Jeder Zweifel daran, Ares zu verzeihen, wurde von einer Flutwelle von Emotionen hinweggefegt, die so intensiv war, dass ich dachte, sie könnte tatsächlich aus meiner Brust platzen.

Er konnte nicht sterben. Das durfte er nicht.

Ich liebte ihn und ich konnte den Gedanken an ein Leben ohne ihn nicht ertragen. Er war ein Teil von mir und mein Leben wäre es nicht wert, mit einem Loch dieser Größe in meinem Herzen zu leben.

Der rationale Teil von mir, der wusste, dass es verdammt absurd war, so stark zu empfinden, dass ich ihn kaum kannte, dass alle meine Überlebensinstinkte eindeutig ausgeschöpft waren, war still.

Ich musste ihn retten.

Ich schüttelte meine Handgelenke so fest ich konnte, während Tränen aus meinen Augen quollen. Die aufgewühlte Ansammlung an Macht wollte verzweifelt aus mir heraus, aber egal, wie sehr ich versuchte, sie heraus zu zwingen, sie blieb in mir gefangen.

Ich musste zu Ares gelangen, ich musste ihm meine Unsterblichkeit geben.

Ein Schluchzen bahnte sich seinen Weg durch meine Kehle.

Ich musste sein Leben retten.

Ich suchte nach unserer Verbindung, und versuchte, ihn zu fühlen. Es war noch schwächer als zuvor, ein quälender Schmerz ging von ihm aus, der mir weitere Tränen über die Wangen laufen ließ.

Ich erkannte, dass es kein physischer Schmerz war, den er fühlte. Es war das, was er mir angetan hatte, was ihm den Schmerz bereitete.

»Es ist okay«, sagte ich laut, drückte meine Augen zu und ballte in hilfloser Verzweiflung die Fäuste. »Ich vergebe dir, Ares. Du hättest meine Kraft nehmen sollen. Du hättest sie auf dem Berg behalten sollen.« Meine Stimme brach, und weitere Schluchzer übernahmen die Oberhand, als ich vergeblich versuchte, meine Kraft zu ihm zu zwingen. »Du hättest sie nehmen sollen«, schrie ich, die Hitze in mir war unerträglich, die Leere, die ich kannte, ohne Ares Qualen überhaupt in Betracht zu ziehen.

Ich spürte ein Ziehen in meinem Bauch und mein Schluchzen brach ab.

»Ares?« Das Ziehen wurde stärker, die Energieverbindung flackerte auf. »Ares!«

Ich füllte alle Macht, die ich aufbringen konnte, in die Verbindung, der brennende, grenzenlose Energieball schrumpfte schnell, während ich jedes Gramm zu Ares zwang, um sein Leben zu retten.

Erst als gar nichts mehr in meiner Brust brannte,

spürte ich, wie die Verbindung abrupt abbrach. Als würde ich aus einer Trance erwachen, schreckte ich überrascht auf. Ich hatte ihm alles gegeben. Er hatte meine ganze Kraft. Das musste reichen, um ihn zu retten, um ihn wieder unsterblich zu machen. *So musste es sein.*

Ich ließ mich zurück auf die Bretter sinken und ließ die Tränen fließen, diesmal aus Erleichterung. Er würde überleben. Er musste überleben.

Ich war kein Mensch, der sich jemals erlaubte zu weinen, aber als die Tränen einmal angefangen hatten, konnte ich sie nicht mehr aufhalten. Mir wurde klar, dass ich um alles weinte, was ich seit meiner Ankunft auf dem Olymp ertragen hatte. Es war, als ob alles Gute und alles Schlechte zusammenkam und in einer Flutwelle von Emotionen aus mir herausbrach. Ich weinte wegen des Schmerzes, des Verrats und der Frustration, die ich erlebt hatte, aber ich weinte auch aus purer Freude, weil ich mich in Ares verliebt hatte. Ich weinte vor Dankbarkeit, weil ich wusste, dass ich, selbst wenn ich jetzt sterben würde, seine Liebe erfahren hatte. Ich weinte, weil ich ihn schon jetzt vermisste, weil ich ihn an meiner Seite brauchte. Und ich weinte, weil ich den Gedanken, ihn zu verlieren, nicht ertragen konnte.

Nach einer gefühlten Ewigkeit weinte ich mich glücklicherweise in einen langen und traumlosen Schlaf, bis ein Knall durch die Dunkelheit schallte. Ich setzte mich auf und war augenblicklich wach. Allein der Akt, meinen Körper zu heben, war schwer. Ohne die Fähigkeit, meine Kraft zu nutzen, war ich schwach und müde. Aber Ares hatte jetzt meine Kraft. Er würde kommen, und ich würde an der Reihe sein, gerettet zu werden.

»Ich weiß nicht, was du getan hast, aber es scheint, als habe ich sowohl die Stärke deiner Kraft als auch deine

Gefühle unterschätzt. Und die Wirkung der Fessel auf innere magische Bindungen.«

Eisige Ranken bahnten sich ihren Weg hinab an meinen Körper, als ich die Stimme erkannte. Licht explodierte durch die Zelle, was mich zusammenzucken und noch mehr Flüssigkeit aus meinen Augen laufen ließ.

Ich biss die Zähne zusammen und sprach, als eine Gestalt an die Zellengitter herantrat.

»Leute unterschätzen mich oft, Aphrodite.«

»Ich muss zu ihr!«

»Du wirst ihr in diesem Zustand nichts nützen. Du musst dich ausruhen.«

»Mutter, lass mich gehen!«

Hera starrte auf mich herab, ihre Magie fesselte mich an das große Bett, in dem ich aufgewacht war. Bellas Kraft strömte durch meine Adern, fügte meine zerrissene Haut wieder zusammen und erfüllte meinen Körper mit lebenserhaltender Kraft und Vitalität. Sie war jedoch zu weit weg, als dass ich auf ihre Kraft hätte zugreifen können und ich wusste nicht, wie sie sie mir geschickt hatte. Zuerst hatte ich das Schlimmste befürchtet - ich wusste, dass ich ihre Kraft bekommen würde, sobald sie starb. Aber ich konnte ihre Anwesenheit durch die Verbindung zwischen unseren Seelen spüren. Sie war wütend und frustriert und verängstigt, aber sie war am Leben.

»Ares, wenn du zu ihr gehst, bevor du geheilt bist, dann werden ihre und deine Opfer umsonst gewesen sein.« Hera, Königin der Götter und meine Mutter, stieß einen langen Seufzer aus, bevor sie sich neben mich auf die Seidenlaken setzte. »Es tut mir wirklich leid, dass du diese Last tragen musst. Aber es wird sich lohnen. Sobald du stark genug bist, werde ich dir helfen, zu ihr zu finden.«

Ich öffnete den Mund, um zu schreien und zu argumentieren, aber der Kummer in ihren Augen ließ mich innehalten. Sie sah müde aus, bemerkte ich. Und Götter sahen nie müde aus.

»Wo warst du?«

»Das wirst du noch früh genug herausfinden, fürchte ich.«

Sie trug eine Toga in hellem Türkis, wie sie es oft tat, aber ihr üblicher opulenter Kopfschmuck aus Pfauenfedern fehlte, stattdessen trug sie eine einfache Krone.

»Die anderen Götter haben dich vermisst«, sagte ich. Sie schenkte mir ein schiefes Lächeln.

»Ich hoffe, Sohn, du willst mir damit sagen, dass du mich vermisst hast.« Ich starrte sie an.

»Auf dein Wort kann man sich verlassen. Die Olympier brauchen deinen Rat und deine Weisheit.«

In Wahrheit hatte ich ihren Rat vermisst. Er war nie explizit an mich gerichtet - ich hatte nicht diese Art von Beziehung zu meiner Mutter. Ich glaubte nicht, dass mein Vater es erlaubt hätte, selbst wenn sie oder ich es gewollt hätten. Aber ich empfand ihre Gegenwart als Balsam bei den Treffen der Götter. Sie war ausgeglichen und fair in den meisten Dingen und grimmig loyal und rachsüchtig in anderen. Genauso, wie sie sein sollte.

»Ich habe dich nicht im Stich gelassen«, sagte sie leise. »Ich musste meine Kräfte anderweitig einsetzen, aber ich habe getan, was ich konnte, um deine Sicherheit zu gewährleisten.«

Ich konnte nicht verhindern, dass ein empörtes Schnauben meinen Mund verließ.

»Das ist das erste Mal, dass ich dich sehe, seit Zeus mir meine Kraft genommen hat! Bis ich Bella fand, war ich sterblich!«

»Und wie kamst du auf die Idee, sie zu finden?« Ich hielt inne, bevor ich antwortete.

»Ein Traum.« Hera nickte, ihr Mund bildete eine dünne Linie.

»Den ich dir geschickt habe. Und Bellas Begleiterin?«

»Deine Spionin.«

»Schon seit langer, langer Zeit. Ich habe das Mädchen jahrhundertelang bewacht, sobald ich herausgefunden hatte, wohin du sie geschickt hast.«

»Warum?«

»Weil ihr beide miteinander verbunden seid. Das seid ihr schon seit eurer Geburt.«

Langsam streckte Hera die Hand aus, und ihr Finger strich über meine Wange in der mütterlichen Geste, die ich schon seit meiner Kindheit kannte. Erinnerungen an ihren Gesang, ihr Lächeln und das Gefühl von echter Liebe zwischen uns durchströmten mich und ließen mir den Atem stocken.

»Du weißt, dass meine Kraft mit der Ehe und wahren Verbundenheit gekoppelt ist. Ich bin in der Lage, zwei Menschen miteinander zu verbinden, wenn sie die Liebe zueinander gefunden haben, aber ich bin auch in der Lage, die Bindungen zu spüren, die ohne mein Zutun existieren. Die durch Magie, Prophezeiung oder wahres Schicksal entstanden sind. Das ist es, was zwischen dir und Enyo existiert. Als das Orakel dir sagte, dass nur einer von euch unsterblich sein kann, während der andere lebt, nahmst du an, dass sie dadurch zu deinem Feind wurde. Als du sie töten wolltest, wart ihr beide zu jung, um die Verbindung zu entzünden. Aber ich wusste, dass es da war und wartete. Ich habe dich an diesem Tag aufgehalten. Ich schickte den Zweifel, der dich innehalten ließ, der dich dazu brachte, sie aus unserer Welt zu stoßen, anstatt sie zu töten. Ich konnte nicht zulassen, dass du das Einzige auf der Welt zerstörst, das dich glücklich machen könnte, auch wenn es das Risiko barg, dich sterblich zu machen.« Ich starrte sie mit weit aufgerissenen Augen an.

»Du hast es mein ganzes Leben lang gewusst?« Hera nickte, die Augen ernst. »Warum hast du mir nichts gesagt?«

»Du hättest mir nicht geglaubt. Du bist genauso arrogant und stur wie dein Vater.«

Ich bemerkte, dass sie recht hatte, und hunderte Gedanken schossen mir durch den Kopf. Ich hätte ihr nicht geglaubt. Ich war mir sicher gewesen, dass Enyo das einzige war, das meinen Tod verursachen konnte. Ich hätte nie geglaubt, dass ich dazu bestimmt war, sie zu lieben.

»Wie wurden wir aneinandergebunden?«

»Durch Mächte, die ich weder kontrollieren noch verstehen kann. Wir wissen nicht, wer Enyo gezeugt hat, nur, dass es ein Titan war. Aber ihre Kraft ist deine Kraft. Als du Schmerz, Panik und Schrecken erschufst und ihre Macht von deiner trenntest, wurde sie auch von ihr abgezogen. Ihr seid ein Teil voneinander.«

»Ich weiß«, hauchte ich. Ich konzentrierte mich auf das Gesicht meiner Mutter und ihr Ausdruck wurde ein wenig weicher. »Ich liebe sie. Und jetzt weiß ich, dass ich noch nie zuvor geliebt habe.« Ein Lächeln umspielte

Heras Mund, warm und im Widerspruch zu dem Schmerz in ihren Augen.

»Eine Verbindung zu jemandem, die so tief geht, ist das Freudigste und das Schmerzhafteste, was ein Wesen erleben kann.«

»Sie weiß, was ich ihr angetan habe und doch hat sie einen Weg gefunden, mir ihre Kraft zu schicken. Sie hat mir das Leben gerettet. Schon wieder. Auch wenn ich ihr ihres gestohlen habe.«

»Ares, nur aufgrund des Lebens, das Enyo in der Welt der Sterblichen geführt hat, ist sie in der Lage, dich zu retten. Prophezeiungen sind seltsame und oft grausame Kräfte. Hätte sie nicht das Leben gelebt, das sie gelebt hat, wäre sie nicht die Bella geworden, in die du dich verliebt hast, die Bella, die moralisch und nachsichtig ist. Die Bella, die dich vor den schlimmsten Seiten deiner selbst bewahren kann. Hätte sie im Olymp gelebt und ihre Kräfte so einsetzen können, wie du es getan hast, wäre sie genauso geendet wie du.«

»Warum konnte ich dann nicht derjenige sein, der immer wieder einen gewaltsamen Tod sterben musste, anstatt sie? Warum konnte ich nicht derjenige sein, der sterblich werden musste, um etwas über Vergebung zu lernen? Ich durfte durch eine glorreiche Welt marschieren, wurde wie ein König behandelt, während sie endlos litt.« Meine Stimme brach ab, und Schuldgefühle übermannten mich, als die Bilder von Bellas Tod am Berghang immer wieder vor mir abliefen. »Ich würde alles tun, um mit ihr zu tauschen. Alles.«

»Sohn, sie erinnert sich an keinen dieser Tode. Und Bella muss die Person sein, die sie wirklich ist. Das ist es, was sie stark macht. Das ist, was die Verbindung zum

Leben erweckt hat und euch dazu gebracht hat, euch ineinander zu verlieben.«

»Ich kann den Gedanken an all das, was sie durchmachen musste, nicht ertragen, nur damit sie kommen und mich vor meinem eigenen Monster retten kann.« Die Vorstellung war unerträglich.

»Ares, sei nicht so egozentrisch.« Heras Stimme war scharf und ich richtete meine stechenden Augen auf ihre.

»Was?«

»Bella wurde nicht zu dem, was sie ist, um dich zu retten; sie wurde zu dem, was sie ist, um sich selbst zu retten. Deswegen ist sie wild und stolz und stark, sogar stärker als du. Du willst deine Chance zur Wiedergutmachung? Nun, jetzt bist du an der Reihe, dich dem Unglück zu stellen. Es ist deine Aufgabe, sie zu retten.«.

»Hera hat gerade öffentlich verkündet, dass ihr Sohn überleben wird. Du hattest etwas damit zu tun.« Aphrodites Augen waren hart, als sie auf mich herabstarrte. Sie war wahnsinnig schön und sah heute aus wie eine Eiskönigin. Ihr Haar war so weiß wie ihre Haut, und ihre Lippen und ihr Kleid hatten die Farbe von Blut.

»Verpiss dich, Aphrodite.« Ich versuchte, meine Erleichterung über ihre Worte nicht auf meinem Gesicht zu zeigen, während ich sprach. Ares war bei Hera. Ihm würde es gut gehen. Die Frau zischte mich an.

»Du hast keinen Respekt.«

»Ich habe viel Respekt, nur nicht vor unbedeutenden, eifersüchtigen Arschlöchern.«

»Ich wäre nicht so großspurig mit meinen Beleidigungen, wenn ich du wäre. Drei der widerwärtigsten Gottheiten des Olymps sind bereit, meinen Willen zu erfüllen.«

»Ah, du willst mir also mit Ares Kriegsherren drohen, anstatt deine Drecksarbeit selbst zu erledigen?« Ich verengte meine Augen und sah sie an. »Warum bist du hier? Was hast du mit all dem hier zu tun? Und wo ist Eris?«

»Als ob ich dir irgendetwas von dem, was du wissen willst, erzählen würde. Das Einzige, was wichtig ist, ist, dass du die Ares-Tribunale verloren hast. Du gehörst jetzt den Kriegsherren. Und die arbeiten für *mich*.« Sie lehnte sich durch die Gitterstäbe nach vorne. Ein stählernes Lächeln lag auf dem Gesicht als sie flüsterte: »Was dich zu *meinem persönlichen Eigentum* macht.«

Durch die Gitterstäbe angestarrt zu werden, brachte das Schlimmste in mir hervor und ich handelte instinktiv. Ich zog meinen Kopf zurück und spuckte sie an.

Die Göttin der Liebe kreischte auf, als mein Speichel auf ihrer Porzellanhaut landete und meine Lippen verzogen sich zu einem Lächeln, wobei die Spuren der getrockneten Tränen auf meinen Wangen aufplatzten.

Auf einmal riss Schmerz durch meine Handgelenke, als ich in die Luft gehoben wurde. Mein Körper wurde an den Ketten hochgezogen, die an den Fesseln befestigt waren. Sie gruben sich tief in meine Haut und sofort schoss mein Blut in die Höhe.

»Du bist eine armselige kleine Göre«, bellte Aphrodite und wischte sich über ihr perfektes Gesicht. Mein Körper bewegte sich höher und die Fesseln schnitten tiefer in meine Haut. Ich versuchte, mit den Beinen zu strampeln, aber wurde von einer unsichtbaren Kraft in der Luft gehalten.

»Warum bist du hier?«, knurrte ich und weigerte mich zu zeigen, wie groß meine Schmerzen waren.

»Ich bin hier, weil ich verdammt nochmal nicht dumm bin, im Gegensatz zu diesem Trottel, in den du dich verliebt hast«, sagte sie mit Boshaftigkeit in ihrer Stimme.

Mein Verstand wirbelte förmlich und versuchte panisch, die Puzzlestücke zusammenzusetzen.

»Warum sollten die Kriegsherren für dich arbeiten?«

»Sie mögen Kriegsgeister sein, aber sie werden von Menschen beherbergt. Und alle Männer tun genau das, was ich ihnen sage.« In ihrer eisigen Stimme lag ein Hauch von Selbstgefälligkeit.

Ich verdrängte den Schmerz, der in Wellen meine Arme hinunterrollte und versuchte, meinem Gedankengang zu folgen. In meinem Kopf fügten sich die Teile zusammen.

»Du arbeitest mit Zeus.« Sie neigte den Kopf.

»Zeus ist der Mächtigste von uns allen. Unser wahrer Anführer. Nur ein Schwachkopf würde gegen ihn kämpfen.«

»Du meinst Ares?« Sie lachte.

»Und Hades und dieser idiotische Wassergott, Poseidon. Das sind alles Trottel. Ich fand Zeus, obwohl er die Macht des Wächters nutzte, um sich zu maskieren. Und ich habe ihm meine Treue geschworen und ihm meine Hilfe angeboten. Er ist mein wahrer König. Die Ares Tribunale waren ein Geschenk an mich, um seinen Dank auszudrücken. Zeus wird den Dämon nicht mehr lange brauchen, da er sich nicht mehr vor den anderen Göttern verstecken muss, wenn sein Plan vollendet ist. Als Ares losgeschickt wurde, um den Dämon zu finden, sah ich eine Möglichkeit, meine Langeweile zu vertreiben. Was könnte unterhaltsamer sein, als zuzusehen, wie ein machtloser, überhenlicher Gott von seinen eigenen Untergebenen besiegt wird? Ich wandte mich an die Kriegsherren und sagte ihnen, sie sollten Ares finden und ihm den Dämon anbieten, wenn er sich einer Reihe von Prüfungen unterziehen würde, die der Welt zeigen würden, wie machtlos er war.«

»Du hast also nicht mit meiner Macht gerechnet«, sagte ich, meine Stimme von Wut zugeschnürt. »Und als wir anfingen zu gewinnen, hast du uns stattdessen verflucht.« Dunkle Schatten wirbelten durch die Augen der Göttin.

»Du hast mich zum Narren gehalten und das kann nicht toleriert werden.«

»Als wir deinen Fluch brachen, hast du Schrecken dazu gebracht, den Einsatz zu erhöhen. Ares gezwungen, sein eigenes Dasein dem Ergebnis zu unterwerfen.« Wut half, den Schmerz zu unterdrücken und meine Abscheu vor Aphrodite triefte aus meinen Worten. »Du hast Ares jahrelang wie ein verdammtes Spielzeug benutzt, dann sein Leben ruiniert, als er dich nicht mehr wollte. Du bist wertloser Abschaum.«

Ich stieß hart gegen die Fesseln, als mein Körper gegen die Gitterstäbe gezogen wurde und konnte den Schmerzensschrei nicht unterdrücken, als sich das Metall weiter in meine Haut bohrte.

»Du hast keine Ahnung, wer ich bin«, zischte Aphrodite. »Und du hast keine Ahnung, wozu Zeus fähig ist. Ich stehe auf der richtigen Seite. Ein Krieg wird kommen wird und ich bin stärker als sie alle. Wie ich meine Spielzeuge behandle, wird sich in deinem ganzen Leben widerspiegeln, kleine Göre. Du gehörst mir.«

Die Kraft, die mich aufrecht hielt, verschwand und ich stürzte zu Boden. Der Schmerz meines verwundeten Oberschenkels war zum Erblinden. Als ich auf die Dielen aufschlug, flackerte die ganze Welt zwischen Schwarz und hellem Weiß, während mein Gehirn sich überschlagen zu haben schien. Einen Moment lang war ich sicher, dass ich mich übergeben musste. Dämmriges Licht kehrte in meine Sicht zurück, während ich nach Luft schnappte und mich an den Boden klammerte und darauf wartete, dass das Schwindelgefühl nachließ.

Als ich mir endlich zutraute, mich zu bewegen, ohne mich zu erbrechen, war Aphrodite weg.

~

Bella?« Die Stimme riss mich aus turbulenten Träumen voller Tod und Blut und Dunkelheit. »*Bella, wach auf.*«

»Verpiss dich.«

Ich hob meine gefesselten Arme und versuchte, sie um meinen pochenden Kopf zu legen und die Stimme auszuschalten. Um alles auszublenden. Es war alles zu dunkel und verschwommen.

Die Erschöpfung hatte mich völlig eingenommen. Ohne die Kraft, die noch in mir brannte und ohne *Ischyros* fühlte ich mich schwach wie ein Kätzchen. Die Wunde an meinem Bein zehrte von Minute zu Minute an meinen menschlichen Kräften und der Schmerz hatte sich in den letzten paar Stunden bedenklich abgeschwächt. Ich wusste, wenn ich ihn nicht mehr spüren konnte, war ich in Schwierigkeiten.

»*Sprich nicht so mit mir.*« Schnurrte die Stimme und ich hielt inne, als ich sie durch meinen Nebel der Erschöpfung erkannte.

»Zeeva?«

»*Ja.*« Ich stöhnte auf, als ich meine Arme zu bewegen versuchte. Sie fielen schwach an meinen Seiten herunter, als ich versuchte, mich aufzusetzen. Aphrodites Besuch hatte seine Spuren hinterlassen. Die Haut an meinen Handgelenken war zerfetzt und blutig.

»Bist du hier auf dem Schiff?« Es lag ein Hauch von Hoffnung in meiner trockenen, kratzigen Stimme. Ich war schmerzhaft durstig.

»*Ich bin hier.*« Ich blinzelte zu den Gitterstäben und sah, wie sich eine geschmeidige kleine Katze zwischen ihnen hindurchzwängte. Sie schleppte etwas in ihrem Maul. »*Es tut mir leid. Wegen dem, was auf dem Berg passiert ist.*«

»Es war nicht deine Schuld«, krächzte ich. Aufregung und Hoffnung zwangen mir etwas Energie in die Glieder. Wenn Zeeva hier war, konnte sie mir helfen. Wenn sie von Hera gekommen war, bedeutete das vielleicht, dass auch Ares auf dem Weg war.

»*Iss das.*« Sie rollte das Ding, das sie schleppte, auf mich zu. Es sah ein wenig aus wie eine Orange und ich zuckte zusammen, als die Fesseln gegen meine Wunden rieben, während ich es aufhob. »*Es wird helfen.*«

Ich stellte die Katze nicht in Frage und begann, die Schale von dem zu schälen, was ich für eine Frucht hielt. »Wo ist Ares?«

»*Ich weiß es nicht.*« Angst stieg wieder in mir auf.

»Ich dachte, er wäre bei deiner Herrin, Hera?«

»*Dann weißt du mehr als ich. Ich stand länger unter König Schreckens Zwang, als ich gemusst hätte.*« Ihre sonst so hochmütige Stimme war von Wut durchzogen.

»Er hat dich gerade erst gehen lassen?«

»*Ja. Und das wird er wird es bereuen.*«

»Warte, du bist gerade erst freigekommen und schon hier? Anstatt bei Hera?«

»*Bevor ich befreit wurde, hörte ich Schrecken sagen, dass sie dich auf das Schiff gebracht hatten und dass es vor der Nordküste des Reiches der Fische festgemacht war. Ich hätte zu meiner Herrin zurückgehen sollen, aber... ich war besorgt um dich.«*

»Um mich?«

»*Ja.*« Trotz meiner zunehmend beschissenen Situation, strahlte ich.

»Ich wusste es! Ich wusste, dass du gerne meine Katze warst!«

»Ich bin nicht deine Katze. Aber... ich bin deine Freundin. König Schrecken war in der Lage, für das Tribunal die Kontrolle über mich zu übernehmen, aber er hätte es niemals schaffen dürfen, mich so lange zu kontrollieren. Die Könige des Schreckens sind mächtig, zu mächtig. Jemand hilft ihnen.«

»Aphrodite arbeitet mit ihnen und Zeus zusammen«, erklärte ich ihr, bevor ich mir ein Stück von dem Orangen-Teil in meinen Mund schob. Köstlich schmeckende Flüssigkeit umhüllte augenblicklich meine Zunge und ein ungewohnt heiteres Gefühl machte sich in mir breit. »Was ist das?«

»Portokali. Es hilft gegen die Müdigkeit. Das mit Aphrodite macht Sinn. Hera wusste, dass eine der Olympierinnen Zeus hilft. Ich glaube aber nicht, dass sie sie verdächtigt hat.«

»Sie ist ein Feigling und ein Arschloch.«

»Die Göttin der Liebe ist kein Feigling. Sie ist klug, manipulativ und ehrgeizig.«

»Sie ist ein Feigling«, beharrte ich. «Sie will nicht gegen mich kämpfen. Sie stürmt immer davon.«

»Ihre Kräfte eignen sich nicht fpr Feuerbällen und Superkräften wie deine.«

»Wie kann ich sie besiegen?«

»Das kannst du nicht. Sie ist eine der stärksten Göttin-

nen. Es gibt nicht viel, das mächtiger ist als Liebe. Und wenn sie wirklich mit Zeus zusammenarbeitet, dann ist deine einzige Chance, zurück zu Ares zu kommen, zu fliehen.«

»Weglaufen? Ich laufe nicht vor einem Kampf davon. Diese Frau verdient eine verdammte Tracht Prügel. Und ich habe es satt, mir sagen zu lassen, dass ich meine Feinde nicht besiegen kann.« Zeeva kam näher und fletschte mitleidig die Zähne, als sie die Fesseln sah.

»Ich freue mich, dass dein Kampfgeist zurückkehrt. Aber du wirst ihn zur Flucht brauchen, nicht zur Konfrontation. Zeus muss in der Tat hier gewesen sein. Nur die drei Brüder können diese Fesseln benutzen.«

»Zeeva, ich kann nicht fliehen, selbst wenn ich es wollte. Mein Bein ist unbrauchbar.«

»Irgendwann werden sie dir die Fesseln abnehmen müssen. Dann zauberst du dich davon.«

»Ich habe keine Kraft. Auch ohne diese verdammten Handschellen.«

»Wie bitte?«

»Ich habe alles zu Ares geschickt. Er brauchte die Unsterblichkeit.« Zeeva blinzelte langsam und ich steckte mir mehr Portokali in den Mund.

»Du ... du bist jetzt sterblich?«

»Ja. Hundertprozentig menschlich. Und es ist scheiße. Von allen Arten zu sterben, war ein verdammt großes Loch in meinem Bein nicht das glorreiche Ende, das ich mir erhofft hatte.«

»Wie hast du Ares deine Kraft geschickt, wenn er in Heras Reich ist?«

»Ich weiß es nicht. Ich habe es einfach getan. Ich habe ihm alles gegeben.«

»Du liebst ihn? Nach dem, was er dir angetan hat?«

»Vollkommen.«

Es herrschte eine lange Stille, die nur durch das Geräusch meines Kauens auf der Frucht gestört wurde. Irgendwo in meinem Inneren wusste ich, dass es, nun ja, verrückt war, meine einzige Chance zur Flucht von diesem Ort aufzugeben, um Ares Leben zu retten. Aber ich hatte keine andere Wahl gehabt. Ich hatte nicht die Optionen abgewogen und war zu einem ausgewogenen, wohlüberlegten Schluss gekommen. Ich hatte ihm alles gegeben, weil es das war, was ich tun musste. Wenn ich mir sein Gesicht vorstellte, tat mir die Brust weh und das hatte nichts mit meinem schlechten Gesundheitszustand zu tun. Ich sehnte mich danach, ihn zu sehen, ihn zu berühren, ihn zu küssen.

»Er wird kommen und dich holen.« Zeeva sagte die Worte mit Bestimmtheit und Hoffnung schoss durch meinen zerrütteten Körper.

»Ich weiß nicht, ob er stark genug sein wird. Er wäre fast gestorben. Und diese Wunde nimmt mir mit jeder Stunde mehr Kraft.« Zeeva bewegte sich vorsichtig zu meinem Bein und schnupperte mit ihrer kleinen Katzennase. Als sie sprach, war ihr Tonfall ernst.

»Wir müssen einfach hoffen, dass er sich schnell erholt und weiß, wo er dich finden kann.«

»Kannst du zu ihm gehen? Und ihm sagen, wo ich bin?«

»Ich werde sofort aufbrechen.«

Es blitzte türkisfarben auf und als das Licht verblasste, runzelte ich die Stirn. Zeeva saß immer noch neben meinem tauben Oberschenkel.

»Ähm«, sagte ich. »Ich dachte, du wärst auf dem Weg zu meinem Retter?«

»*Das Schiff erlaubt mir nicht zu blitzen.*« Die Wut war zurück in ihrer Stimme und in der Düsternis sah ich ihre Augen gefährlich aufblitzen. Der Hoffnungsschimmer, den ich gespürt hatte, versickerte

»Scheiße.«

»*In der Tat.*« Ich stieß einen Seufzer aus und aß noch mehr Portokali.

»Zeeva, wie konnte ich trotz der Handschellen meine Kraft zu Ares schicken?«

»*Sie scheinen nur externe Magie zu blocken.*«

»Oh. Noch eine Frage, solange du mit mir festsitzt. Kannst du mir die Erinnerungen zurückgeben, von denen du mir erzählt hast?«

»*Du hast bereits gesehen, wie die meisten von ihnen endeten*«, sagte sie leise. »*Aber ich kann dir einige der Glücklicheren erzählen.*«

»Weißt du, wer ich war, bevor ich in die Welt der Sterblichen geschickt wurde?«

»*Vor vielen Jahren, als die Titanen, die Zeus geholfen hatten, König zu werden, alle verschwunden waren, wollte Zeus all ihre Nachkommen zusammentreiben. An Hekate, die Hades hilft, die Unterwelt zu beherrschen und eine der mächtigsten verbliebenen Titanen ist, versuchten sie zuerst heranzukommen. Sie fand dich und ein paar andere, die genauso mächtig waren wie die Olympier und überzeugte die Götter, euch eure Kräfte friedlich erlernen zu lassen.*«

»Glaubst du, sie hat die Verbindung zwischen mir und Ares geschaffen?«

»*Nein, sie ist nicht wirklich... liebevoll oder mütterlich. Sie ist die Göttin der Geister.*«

»Oh.«

»Hera setzte dich als Kriegsgöttin ein, als sich herausstellte, wie stark deine Macht war und wie eng sie mit der von Ares verbunden zu sein schien. Als du verschwandst, glaubten die meisten Menschen, dass Zeus etwas damit zu tun hatte, wegen seines Hasses auf die Titanen. Als er beschuldigt wurde, bekam er einen Wutanfall und löschte die Erinnerung an eine Kriegsgöttin bei allen aus. Außer bei seiner Frau und Ares.«

»Aha. Dann habe ich wohl immer noch keine Familie.«

»Du hast Ares. Und... ich nehme an, du hast mich.«

Die spärliche Energie, die ich durch Zeevas Portokali gewann, hielt mich für eine weitere halbe Stunde oder so wach, während der ich mir das Bild von Ares sicher und ruhig vor meinem geistigen Auge vorstellte.

Er würde zu mir kommen. Er würde mit all seiner Macht schnell heilen und mich finden. Irgendwie.

Das Seltsame war, dass ich eigentlich keine Angst vor dem Sterben hatte. Jetzt, wo die Flut der Tränen und der überwältigenden Emotionen meinen Körper verlassen hatte, war ich *wütend*.

Ich hatte endlich die Wahrheit über meine Vergangenheit herausgefunden, den Grund, warum ich immer so ein Außenseiter, so ein Freak war. Und noch mehr als das, ich hatte jemanden gefunden, der mich verstand. Es wäre zu grausam, Ares zu finden und ihn dann so schnell wieder zu verlieren. Es war nicht fair und die Vorstellung, sein Gesicht nie wieder zu sehen, erfüllte mich mit Hass auf die Menschen, die uns das angetan hatten.

Hass auf Aphrodite, hauptsächlich.

Sie war wütend, dass ich es geschafft hatte, sein Leben zu retten. Sie wollte, dass er stirbt. Wenn ich meinen Wunden in dieser verdammten Zelle erlag, hatte ich wenigstens Ares gerettet, dachte ich und schöpfte Trost aus dem Wissen.

Ich hatte ihn gerettet. Nichts war wichtiger als das.

»Bella?«

Eine Luftblase vor mir schimmerte auf, aus der die Stimme kam. Und sie war laut. Laut genug, dass ich vor Überraschung aufschrie.

»Eris?«

»Oh, Gott sei Dank, ich dachte schon, ich hätte keine Kraft mehr. Hör mir zu, unterbrich mich nicht und sag verdammt noch mal nicht nein.« Ich öffnete den Mund, um ihr zu antworten, aber sie sprach weiter, bevor ich es konnte. *»Diese verdammte Schlampe hat mich in der sterblichen Welt gefangen und meine Macht gedämpft. Ich habe verdammt nichts mehr davon übrig und dass bisschen, das ich hatte, habe ich benutzt, um den jämmerlichen Arsch meines Bruders zu retten.«*

»Was?« Ich konnte mir die Unterbrechung nicht verkneifen. Wovon zum Teufel redete sie?

»Er ist mein Bruder, ich bin mit ihm verbunden. Ich spürte, wie sein Tod begann, sogar von hier aus. Ich konnte ihn von so weit weg nicht heilen, aber deine Verbindung zu ihm ist unglaublich, also habe ich die Kraft, die ich noch hatte, benutzt, um sie zu verstärken.«

»Du bist der Grund, warum ich ihm meine Kraft aus der Ferne geben konnte?«

»Ja. Ich wusste, dass es schwierig sein würde, aber ich wusste nicht, dass es mich fast komplett auslaugen würde. Das muss an diesen blöden Fesseln liegen, die du trägst. Ich habe hier keine Möglichkeit, mich wieder aufzuladen.

Dafür hat Aphrodite gesorgt. Das ist das letzte Mal, dass ich mit dir reden kann, und ich fordere jeden verdammten Gefallen ein, den du und Ares mir schulden. Holt mich verdammt noch mal aus der Welt der Sterblichen raus.«

»Das werden wir. Ich schwöre, das werden wir. Aber... ich bin im Moment nicht wirklich in der Lage zu helfen«, sagte ich und wurde langsamer, als ich den Satz beendete.

»Dann bring dich verdammt noch mal in eine Position, in der du es kannst!«

»Aphrodite hat mich eingesperrt, ich bin sterblich und habe eine tödliche Wunde. Wenn Ares nicht bald kommt, bin ich tot oder für die Ewigkeit ihr Spielball.«

»Ares wird dich holen. Ich hoffe verdammt noch mal, dass er dich holt.«

»Das wird er«, nickte ich, auch wenn ich annahm, dass sie mich nicht sehen konnte. »Wir werden dich finden, das verspreche ich. Bist du in unmittelbarer Gefahr?«

»Ich bin in unmittelbarer Gefahr keine Macht mehr zu haben und mich zu Tode zu langweilen. Ich bin eine uralte, allmächtige Gottheit. So möchte ich mein Leben nicht leben.«

Die Erleichterung, dass sie in Sicherheit war, mischte sich mit den erstickenden Erinnerungen an das Leben in einer Welt, die so völlig falsch für einen war. Ich wusste, wie beschissen das sein musste. Aber es würde ihr gut gehen, zumindest für eine Weile.

»Ich bin mir sicher, dass du auch ohne Macht gut darin sein wirst, Chaos zu verursachen«, sagte ich ihr. Sie schnaubte.

»Kommt her und findet mich, Bella. Lasst mich nicht hier verrotten.«

»Das werden wir. Wenn wir das hier überleben, werden wir kommen. Und, Eris... Danke. Dass du sein Leben gerettet hast.«

~

Ich schlief unruhig, es hätte eine Stunde oder fünf sein können - ich hatte keine Ahnung. Als ich erwachte, spürte ich etwas um mich herum, aber mein Körper war zu kaputt, um zu reagieren. Ich lag ausgestreckt auf den Dielen und konnte die Wunde an meinem Oberschenkel nicht mehr spüren. Ich versuchte, den Kopf zu heben, um sie zu betrachten, aber es war, als wäre mein Schädel so schwer wie mein alter Sandsack.

»Aphrodite?«, versuchte ich es. Jemand war hier in der Zelle, da war ich mir sicher.

»Du bist sterblich. Du brauchst die hier nicht mehr.«

Die Stimme war männlich und fremd, aber als ich spürte, wie die Fesseln von meinen Handgelenken glitten, wurde mir klar, wer gesprochen haben musste.

»Zeus?« Ich bewegte meine Hände zaghaft. Die zerrissene Haut schmerzte, als ich die Gelenke bewegte, aber ich war dankbar, dass das schwere Gefühl von meinen Armen verschwunden war. Ich versuchte erneut, meinen Kopf zu heben.

Wenn Zeus wirklich hier war, wollte ich ihn sehen. Um mit ihm zu sprechen.

»So habe ich meinen Sohn noch nie gesehen. Du hattest eine große Wirkung auf ihn.« Die Stimme war tief und melodisch und ein Gefühl von Ehrfurcht drohte mich zu übermannen, als ich mich in eine sitzende Position kämpfte. Mein Kopf schwamm, mein Inneres war unruhig. Ein gut gebauter Mann mit dunklem Haar, das von Grau durchzogen war, stand über mich gebeugt. Als mein Blick für ein paar kurze Sekunden klar wurde, konnte ich sehen, dass seine Augen violett leuchteten.

Ich musste diesen Mann huldigen. Er war der König der Götter, das mächtigste Wesen des Olymps. Er war stark und schön und königlich.

»Mein König«, röchelte ich.

»Wie hast du das gemacht? Wie hast du Aphrodite besiegt und ihn gerettet?« Zeus Worte drangen in mein verwirrtes Gehirn ein und ich versuchte, sie zu verstehen. Wie habe ich ihn gerettet?

»Wen gerettet?«

»Meinen Sohn. Ares. Den Kriegsgott.« Ares Gesicht füllte meinen Geist und sprengte die Verwirrung wie Dynamit. Wut durchflutete mich und ich legte meine Hände flach auf die Bretter unter mir, um mich zu beruhigen.

»Du wolltest ihn sterben lassen«, zischte ich. »Du hättest zugelassen, dass Aphrodite deinen Sohn tötet.«

»Ares ist sein eigener Herr. Es liegt nicht in meiner Verantwortung, mich um ihn zu kümmern. Vor allem, wenn meine Bemühungen anderweitig so sehr in Anspruch genommen wurden.« In seiner Stimme lag eine Bitterkeit, die mich noch mehr wütend machte.

»Aber er ist nur deinetwegen verwundbar! Du hast seine Macht gestohlen!«

»Er hat Verrat begangen.« Der verführerische Ton des Gottes war härter geworden und ich hörte ein Donnergrollen in der Ferne. »Er hat versucht, sich mir in den Weg zu stellen und er hat den Preis dafür bezahlt.«

»Er wollte verhindern, dass du ein Monster in die Welt freilässt.«

»Er ist ein Narr. Er kann nicht über die langweilige

Rhetorik meiner engstirnigen Brüder hinwegsehen«, zischte Zeus und plötzlich war er nur noch Zentimeter von meinem Gesicht entfernt. »Ich weiß nicht, wie du ihn verführt hast, weg von Aphrodite und es ist mir auch egal. Aber ich bin froh, dass du an seiner Stelle sterben wirst.«

Bevor ich den Gott noch etwas fragen konnte, war er weg. Bedeutete das, er war froh, dass sein Sohn überlebte? Hat er überhaupt etwas für Ares empfunden? Oder wollte er mir nur Angst einjagen?

»Arschloch«, spuckte ich.

»Es ist nicht ratsam, Götter wie Zeus zu beschimpfen.« König Schrecken trat aus dem Schatten hervor, bis vor die Gitterstäbe meiner Zelle. Ich sah mich in der Düsternis nach Zeeva um, und war erleichtert, dass ich sie nicht entdecken konnte. Es war besser, wenn niemand wusste, dass sie hier war. Das könnte mir einen Vorteil verschaffen.

»Du hast ihn also aus einem bestimmten Grund dazu gebracht, die Fesseln abzunehmen, was?« Ich versuchte, so lässig wie möglich zu klingen, auch wenn mein Herz in einem zunehmend unregelmäßigen Rhythmus gegen meinen Brustkorb schlug.

»Aphrodite will mit ihrem neuen Spielzeug spielen und es gefällt ihr hier unten nicht. Sie hat mich gebeten, dich nach oben an Deck zu bringen.« Ein böses Funkeln glänzte in Schreckens dunklen Augen und ich konnte nicht verhindern, dass mir ein eisiger Schauer über den Rücken lief.

Es schien, als ob meine Zeit abgelaufen war.

König Schrecken musste mich buchstäblich die schmalen Holzstufen hinaufschleppen, die tief aus dem Rumpf des Schiffes führten, in dem ich gefangen gehalten wurde. Mein nutzloses Bein tat nicht einmal mehr weh, als es gegen die Stufen stieß. Es schien mehr Licht in die Treppenhäuser, durch die wir uns bewegten und ich konnte jetzt sehen, dass die Wunde eine ekelhaft grüne Farbe angenommen hatte. Jedes Mal, wenn ich sie ansah, wurde mir übel, also versuchte ich, es nicht zu tun. Ich machte mich so schwer und unbeholfen wie möglich, nur um Schrecken zu ärgern, sodass er mich schließlich über seine Schulter warf und mich die Gänge hinunter und Treppen hinauftrug.

Ich versuchte nicht, mir den Weg einzuprägen, den wir nahmen, oder einen Fluchtplan auszuarbeiten. Mein Gehirn war zu verwirrt, und mein Körper zu müde. Hätte ich nicht das Obst gegessen, das Zeeva mir gegeben hatte, wäre ich wahrscheinlich schon verdurstet.

»Wie lange bin ich schon auf dem Schiff?«, fragte ich.

Meine Kehle schmerzte, als ich sprach, aber mir war nicht nach schweigen.

»Ein paar Tage. Lange genug.«

Ob das genug Zeit für Ares war, um zu heilen? Warum hatte er mich noch nicht gefunden?

»Wenn deine Schlampe mich lange genug am Leben erhalten will, um mit mir zu spielen, müsst ihr mich essen und trinken lassen. Menschen brauchen so was.«

»Aphrodite weiß, was Menschen brauchen. Mach dir keine Gedanken darüber, Ex-Babygöttin.«

Er betonte das Wort *ex* genüsslich und ich warf ihm einen finsteren Blick zu. Sie wussten, dass ich jetzt sterblich war. Er hatte recht. Ich war eine Ex-Göttin.

Das Licht war so hell, als wir schließlich auf dem Deck auftauchten, dass mir sofort die Tränen in die Augen stiegen. Schrecken ließ mich kurzerhand auf die Planken fallen, während ich mich blinzelnd umschaute und der Schmerz mich durchzuckte, als ich auf dem Holz landete.

Pastellfarbene Wolken umgaben uns und an den Masten hingen unglaubliche Sonnensegel, die so hell leuchteten, dass es wehtat, sie anzusehen.

»Das ist eine übel aussehende Wunde.« Ich schaute Aphrodite verschwommen an. Sie hatte den Eisköniginnen-Look abgelegt und hatte jetzt karamellfarbene Haut und babyrosafarbene Haare. Sie trug ein schwarzes Wickelkleid und hatte volle, sinnliche rosa Lippen und Onyxaugen.

»Nicht so übel aussehend wie dein Gesicht«, sagte ich und schenkte ihr ein sarkastisches Lächeln.

Wir wussten beide, dass sie schön war. Aber ich bezweifelte, dass viele Leute ihr sagten, sie sei es nicht, also machte ich mich trotzdem über die Worte lustig. Sie verengte ihre Augen, als ihr Lächeln breiter wurde.

»Oh ja. Ja, ja, ja. Ich kann verstehen, warum sich dieser Trottel in dich verliebt hat. Ich kann mir vorstellen, dass ihr euch, wenn ihr zusammen seid, wie unreife Teenager benehmt, die sich streiten und fluchen wie Idioten.«

Ich zuckte aus meiner halbsitzenden Position auf dem Deck zusammen.

»Nun, es gibt eine Sache, die wir besser können als Teenager und ich kann dir versichern, dass es nicht das Streiten ist.« Ihre Gesichtszüge verfinsterten sich kurzzeitig.

»Du wirst mir niemals das Wasser reichen können, kleines Mädchen.«

»Aphrodite, das habe ich gar nicht nötig. Du und ich sind uns nicht im Geringsten ähnlich. Wir sind nicht annähernd vergleichbar.«

»Du glaubst also, Ares wünscht sich nicht, dass du ihn so fühlen lässt, wie ich es kann?« Ihre Stimme triefte vor Sex und Verführung. Und einen Moment lang glaubte ich ihr. Zweifel erfüllten mich. Es war unmöglich, eine Geliebte wie sie zu sein, unmöglich, dass ich Ares so fühlen lassen konnte, wie sie es konnte.

Aber dann erinnerte ich mich. *Ares liebte mich.* Ares war ein Teil von mir und ich von ihm. Wir waren füreinander bestimmt und nichts auf der Welt kam an das Gefühl von seiner Haut an meiner heran, seiner Arme um mich, seiner Lippen auf meinen.

»Ich muss diese Unterhaltung nicht mit dir führen, Aphrodite. Ich bin bereit. Tu, was auch immer du mit mir vorhast, gib mir was zu essen und zu trinken und schick mich zurück in diese verdammte Zelle, wo ich dein hässliches Gesicht nicht sehen muss.« Die Augen der Göttin füllten sich mit Wut. Sie hob ihren zierlichen Arm und schnippte mit den Fingern.

»Schmerz! Sie gehört ganz dir. Aber töte sie nicht, sonst wird es das Letzte sein, was dein Geist in diesem Körper tut.« König Schmerz trat vor, ein Lächeln auf seinem hübschen Gesicht.

»Natürlich, Mächtige.« Ich sah mich um, so gut es mir möglich war, denn mein Kopf drehte sich, sobald ich ihn zu schnell bewegte.

Panik lehnte an der Reling zu meiner Linken und Schrecken stand hinter mir am Hauptmast. Von dem Unterweltdämon war nichts zu sehen. Oder von Zeeva.

Sterblich oder nicht, ich hatte genug von jahrelangem Training hinter mir, um meinen Kampf-oder-Flucht-Instinkt auszulösen. In 99 von 100 Fällen riet er mir zu kämpfen. Aber ich hatte nichts mehr im Tank. Ich war leer.

Ich hatte die Hoffnung nicht aufgegeben, dass Ares kommen würde, aber ich war nicht so naiv zu glauben, dass es einen Ausweg aus dem gab, was auch immer jetzt auf mich zukommen würde.

Weder Kampf noch Flucht war eine Option. Also war das Nächstbeste, meinen Angreifern nichts zu bieten. Keine Genugtuung, keinen Grund, mich wieder anzugreifen. So ging man mit Tyrannen um, so langweilte man jemanden, der einen Gegner verfolgte, der sich nicht wehren oder gewinnen konnte. Man gab ihnen nichts.

Die Augen von Schmerz leuchteten in einem brennenden Gelb auf, als er seine Hand ausstreckte. Mein Körper riss sich von den Dielen los, als wäre er mit einem Seil an ihn gefesselt und ich flog durch die Luft, so wie ich es getan hatte, als Aphrodite mich in der Zelle besucht hatte. Ich schloss die Augen und konzentrierte mich darauf, mein rasendes Herz zu verlangsamen, aber ich hatte keine Zeit, den tiefen Atemzug zu nehmen, den ich wollte.

Weißglühendes Feuer explodierte in meinem Oberschenkel zum Leben, als wäre die Taubheit vollständig vertrieben worden. Purer Schmerz schoss in Wellen mein Bein hinauf, krachte auf mein Rückgrat ein und schoss dann wie elektrische Stöße in meinen Schädel hinauf.

Nichts hatte jemals so wehgetan. Ich konnte nicht atmen und keinen Laut von mir geben, so verzehrend war der Schmerz. Dunkelheit und Sterne legten sich über meine Sicht und bevor ich wieder atmen konnte, wurde ich ohnmächtig.

»Sie ist sterblich, du verdammter Idiot. Wenn du sie so hart rannimmst, schaltet ihr Körper einfach ab.«

»Habe ich vergessen. Weißt du, wie lange es her ist, dass ich jemand komplett Sterblichen gefoltert habe? Heutzutage gehen sie mir eher aus dem Weg.«

Ich konnte Schrecken und Panik reden hören, als ich wieder zu mir kam, aber ich wagte nicht, die Augen zu öffnen. Nachbeben des Schmerzes rasten immer noch von meinem Bein den Rücken hinauf, aber gnädigerweise war die Taubheit größtenteils zurückgekehrt. Ich fühlte mich übel, aber ich wusste, dass es nichts in meinem Inneren gab, was ich aufbringen konnte.

Mein Kopf brummte und mein Kinn schlug auf meine Brust. Benebelt realisierte ich, dass ich immer noch in der Luft gehalten wurde.

»Lass mich mal versuchen. Wenigstens kann ich sie

nicht aus Versehen k.o. schlagen.« Paniks Stimme strotzte vor Aufregung und mein Magen krampfte sich zusammen.

Ich war gefangen. Ihr Spielball, den sie nach Belieben foltern konnten. Und ich hatte keine Möglichkeit, mich zu wehren oder zu entkommen.

»Gut. Aber ich will noch einen Versuch, bevor sie zurück in die Zelle kommt.«

»Abgemacht.«

Ich machte einen plötzlichen Satz nach links, bevor ich wieder nach rechts zuckte. Panik schüttelte mich.

»Aufwachen!«

Meine Augen flatterten auf und sobald Panik in mein Sichtfeld kam, zwang ich ein Lachen auf meine Lippen. Sie hielten mich vielleicht für ein hilfloses Kätzchen, aber ich hatte nicht vor, sie meine Angst sehen zu lassen.

»Findest du das witzig?« Panik legte den Kopf schief.

»Nein, das nicht«, röchelte ich. »Ich stelle mir vor, wie Ares dich in Stücke reißt, wenn er hier ankommt, mit seiner voll wiederhergestellten Kraft. Das ist ein sehr unterhaltsames Bild.«

»Weißt du, dass du bist wie wir? Wir sind aus demselben Holz geschnitzt. Du genießt es, andere im Schmerz zu sehen, genießt es, ihre Panik zu sehen, genießt es, ihnen Angst einzuflößen.«

»Du missverstehst mich«, sagte ich und verbrauchte einen Großteil meiner Energie, um meinen Kopf hochzuhalten, damit ich ihm in die Augen sehen konnte. »Ich finde die Vorstellung, dass *du* diese Dinge erlebst, höchst erfreulich. Aber das liegt daran, dass du ein absoluter Arschkriecher bist. Ich bin kein Fan davon, nette, normale Leute in solch Schrecken zu versetzen. Nur totale Arschlöcher wie ihr drei.«

König Panik knurrte und dann flog ich durch die Luft, auf die Reling des Schiffes zu. Mein Körper kam zum Stehen, als ich sie erreichte und mein Magen schien mir in den Hals zu springen, als ich nach vorne kippte und gezwungen war, direkt über den Rand des Schiffes nach unten zu schauen. Ich konnte Land sehen, aber nur vage, denn es war so weit unter uns.

Mein Geist füllte sich plötzlich mit Bildern, zuerst von mir, wie ich vom Berg fiel und die Chimäre kreischte, dann von mir, wie ich auf Wasser aufschlug, Tentakel mich umschlangen und mich unter Wasser zogen. Ich spürte, wie mein Körper zu kippen begann und die Bilder in meinem Kopf sich mit der Realität vermischten.

Dann fiel ich, das Schiff schoss an mir vorbei, der Wind rauschte an mir vorbei und ließ mein Haar im mein Gesicht peitschen. Mein Brustkorb schnürte sich zusammen, mir blieb die Luft weg. Es gab kein Teil von mir, der nicht schwitzte. Die Angst kroch mir die Kehle hinauf und kämpfte mit der Panik um Raum.

Plötzlich gab es einen Blitz und dann war ich über dem Schiff, nahe der Spitze der Sonnensegel, immer noch im freien Fall. Innerhalb von Sekunden prallte ich hart auf das Deck auf, und Schmerz schoss mir durch die Rippen, als das Holz unter mir splitterte. Ich schnappte nach Luft und rollte auf meine unverletzte Seite.

Paniks Lachen schallte über das Deck, daneben ein weibliches Kichern.

»Wie oft kannst du diesen Sturz überleben, kleines Mädchen?«, fragte Aphrodite.

»Solange bis Ares kommt«, keuchte ich und sog gierig Luft ein.

»Das wollen wir doch mal sehen.«

ACHTUNDZWANZIG
ARES

Ein Brüllen der Frustration entrang sich meiner Kehle und ich schlug mit der Faust auf den Marmortisch. Er riss und zerschellte auf den weißen Fliesen darunter.

Meine Kraft war zurückgekehrt, mit voller Wucht. All die Kraft, die mir gestohlen worden war und nach der ich mich so sehr gesehnt hatte, war zurückgekehrt.

Und es war mir egal.

»Ares, wenn du dich wie ein Kind benehmen willst, dann tu es woanders! Ich versuche, Bella zu finden und du bist mir dabei keine Hilfe.«

Ich fletschte die Zähne in Richtung meiner Mutter, bevor ich mich zurückhalten konnte. Sie hatte eine gefühlte Ewigkeit über dem Tisch gestanden, auf dem ein Portal schimmerte, aber es war durch meinen Ausbruch verschwunden. Hera blickte mich unter ihrem frisch aufgesetzten, kunstvollen Pfauenkopfschmuck an, ihr Blick war autoritär.

Ich wirbelte herum, stapfte auf den Rand des

Tempels zu und blickte über das Waldgebiet, das uns umgab, während ich versuchte, mein Temperament nicht überschwappen zu lassen.

»Ich werde sie in Stücke reißen, Glied für Glied.«

»Da bin ich mir sicher, dass du das tun wirst. Falls wir sie jemals finden.« Heras Stimme triefte vor Verärgerung.

Der einzige Grund, warum ich überhaupt ruhig bleiben konnte, war die Tatsache, dass ich wusste, dass Bella noch am Leben war. Ich konnte sie durch unsere Verbindung genau spüren. Sie war schwach und sie wurde immer schwächer, aber sie war eine Kämpferin. Wie meine Mutter gesagt hatte, war sie stärker als ich. Sie würde niemals aufgeben.

Aber sie war jetzt sterblich. Ich hatte jedes Quäntchen ihrer Kraft, ich spürte es. Was bedeutete, dass ihre Fähigkeiten, die Kriegsherren zu bekämpfen, begrenzt waren.

Wenn ein anderer Olympier bei ihr war, was meine Mutter glaubte, dann hatte Bella keine Chance. Der Gedanke blitzte in meinem Kopf auf und Wut wallte durch meinen Körper, durchflutete meine Muskeln und ließ mich anschwellen.

»Um des Olymps willen, Ares, kannst du woanders hingehen, damit ich in Ruhe arbeiten kann!«

Endlich hatte ich Heras Geduld gebrochen. Ich warf ihr einen weiteren wütenden Blick zu, während ich die Stufen des Tempels hinunterstampfte und hinaus in den Wald lief. Ich ließ meinen Körper im Gehen vor Kraft anschwellen und versuchte, etwas Trost aus der Rückkehr dieser Fähigkeit zu ziehen. Aber kein Gefühl Trosts setzte ein. Wozu war es gut, groß und mächtig und stark zu sein, wenn sie nicht bei mir war?

Das Geräusch von laut knackendem Holz in der Ferne ließ mich in meinem wütenden Marsch innehalten. Die Bäume um mich herum begannen zu rascheln. Ich warf einen Blick über die Schulter auf den Tempel, der immer noch nur ein paar Meter hinter mir lag, bevor ich meine durch die Macht verstärkten Sinne in den Wald hinaussandte.

In der Sekunde, in der ich das tat, materialisierte sich Dentro vor mir, sein Körper schien mit den Braun- und Grüntönen zu verschmelzen, bis sich ein voll ausgebildeter, riesiger Drachenkörper durch das dichte Laubwerk schlängelte.

Mein Körper begann sich automatisch in seine reflexartige Haltung zu begeben, mit gezogenem Schwert und geballter Brust, aber dann verlangsamte ich und blieb stehen. Bella und diese Kreatur hatten sich angefreundet. Sie kümmerte sich um sie.

»Weißt du, wo sie ist?«

»Ja. Ich habe einige Zeit gebraucht, um sie zu finden und ich hatte Hilfe, aber ich weiß, wo sie ist.«

Hoffnung, Erleichterung und pures Glück spülten die Wut in einem Herzschlag aus meinem Inneren.

»Mutter!«, schrie ich nach Hera, dann wandte ich mich wieder Dentros massigem Gesicht zu. »Lass uns gehen.«

»Nicht so schnell, Kriegsgott. Das letzte Mal, als ich dich sah, wolltest du Bella töten. Ich habe diese wilde kleine Göttin auf unerklärliche Weise liebgewonnen und jetzt spüre ich, dass du ihre Macht in dir hast. All ihre Macht.«

»Ich kann dir garantieren, Drache, dass du Bella nicht so sehr magst wie ich verliebt in sie bin.« Ich knurrte die Worte und spürte, wie die Wut zurückkehrte. Ich würde ihr jetzt nicht verweigert werden, nicht wenn ich so nah dran war.

»Ich brauche deine Zusicherung, dass du nur ihr Bestes im Sinn hast.«

»Das Beste für sie ist, am Leben zu bleiben, du idiotisches Biest! Sie braucht mich, jetzt!«

Ich war wieder gewachsen und hielt mein Schwert mit beiden Händen umklammert. Meine Brust fühlte sich eng an und die Kriegskraft zwang meine Emotionen nicht mehr heraus, wie sie es sonst immer tat. Meine Verehrung, Angst und Liebe für Bella waren endgültig.

»Würdest du für sie sterben?«

»Ja.« Meine Antwort kam sofort, laut und wahr.

Dentro nickte einmal mit seinem riesigen Holzkopf, dann hob er ihn, um mir über die Schulter zu schauen. Ich drehte mich um und sah meine Mutter am Rande des Tempels stehen, oben auf den weißen Steinstufen. Sie nickte dem Drachen zu, dann verschwand sie in einem türkisenen Blitz.

»Wir müssen auch gehen, sofort! Wohin soll ich blitzen?« Durch die Dringlichkeit überschlugen sich meine Worte, aber der Drache verstand mich.

»Bella ist auf einem Schiff, dort ist das Blitzen nicht möglich. Ich werde dich hinbringen.«

Mir fiel der Mund leicht auf, als die Kreatur ihren Hals zu Boden senkte. Es war einmalig, dass ein Drache einem Wesen erlaubte, auf ihm zu reiten. Als Antwort auf meine Ehrfurcht sprach Dentro erneut.

»Ich tue das für sie. Nicht für dich. Nie wieder werde ich dir meinen Nacken anbieten.« Seine Stimme war fest und ich bewegte mich schnell, bevor er es sich anders überlegen konnte.

Seine mit Rinde bedeckte Haut war rau und ich war

dankbar für meine Rüstung, als ich mich in eine sitzende Position am Ansatz seines Halses zog.

»Halt dich fest, Kriegsgott«, sagte er und dann flogen wir in den Himmel.

NEUNUNDZWANZIG
BELLA

»*Ich habe deinen Helm gefunden.*« Zeevas Stimme schnitt durch die pfeifende Luft, als ich fiel.

Der Funke der Hoffnung, den ihre Worte auslösten, wurde komplett aus mir herausgeschlagen, als ich auf das Deck knallte. Eine weitere meiner Rippen knackte und der Schmerz drückte sich um meine Mitte und erstickte mich. Ich konnte mich selbst keuchen hören, aber ich konnte keine Gliedmaßen heben, meinen Kopf nicht hochhalten oder mich auch nur einen Zentimeter bewegen. Ich lag ausgestreckt auf den Dielen und versuchte, genug Luft in meine Lungen zu pressen, um mich noch ein wenig länger am Leben zu erhalten. Bis ich Ares wieder sehen konnte. Sein Gesicht erfüllte meinen Geist und verdrängte die Zweifel und die Angst.

»Bella, gib jetzt nicht auf. Wenn du deinen Helm erreichst, dann können sie nicht mehr in deinen Kopf eindringen.«

Sie hatten es nicht nötig, in meinen Kopf zu gelangen. Sie waren dabei, meinen Körper zu zerstören. Selbst

Zeeva im Geiste zuzuhören, war eine Mammutaufgabe. Ich hatte nichts mehr. Meine Kraft war völlig erschöpft.

»Roll dich auf den Rücken.«

Ich wusste, wenn ich tat, was Zeeva sagte, würde ich wieder in die Luft geschleudert, dann über den Rand des Schiffes geworfen werden, um dann über das Deck zu schleudern und auf den festen Holzplanken zu landen.

»Er ist hier.«

Diesmal war der Funke der Hoffnung so groß, dass nichts ihn löschen konnte. Mein Körper zapfte eine Energiereserve an, von der ich nicht wusste, dass ich sie hatte und ich rollte mich ab und sah mich verzweifelt um.

Instinktiv tastete ich nach unserer Verbindung und fand sie sofort, hell und heiß brennend.

Es stimmte. *Ares war in der Nähe.*

»Sieh nach oben.«

Im selben Moment, in dem Zeeva sprach, bemerkte ich, dass die Könige aufgehört hatten, mich anzuschauen und ihre Hälse reckten, um in die Wolken zu blicken. In der Ferne war eine Gestalt zu sehen, ein dunkler Fleck, klein, aber schnell größer werdend. Einen Moment später konnte ich riesige Flügel ausmachen. Grüne und braune Flügel.

Und ein winziges, strahlend goldenes Licht.

»Dentro hat ihn gefunden«, hauchte ich, bevor Aphrodites Absätze laut auf dem Deck klickten.

»Schrecken«, bellte sie. Der Marmormann rückte daraufhin vom Mast hervor. »Lasst uns dafür sorgen, dass Ares einen feierlichen Empfang bekommt.«

Mit einem Ruck wurde ich wieder in die Luft gezerrt. Der wiederholte Aufprall auf das Deck hatte mir nicht nur ein paar Rippen gebrochen. Mein linkes Handgelenk fühlte sich völlig falsch an und mein Fuß baumelte in einem seltsamen Winkel an meinem tauben Bein.

Ich wusste, dass ich nicht mehr viel aushalten konnte. Alles tat mehr weh, als ich glaubte, ertragen zu können und ich war mir sicher, dass ich nur deshalb noch bei Bewusstsein war, weil mein Geist so sehr auf eine Sache fixiert war.

Ares.

Ich versuchte, meinen Kopf zu drehen, um sein goldenes Glühen zu sehen und König Schrecken lachte. Das Geräusch ließ mir die Haare auf der Haut zu Berge stehen.

Langsam drehte er mich, so dass ich den Drachen sah, dessen Flügel durch die Wolken auf uns zuschlugen. Ares leuchtete wie ein strahlendes Leuchtfeuer auf Dentros Rücken und Liebe schwoll in meinem Körper an, eine kurze und wohltuende Erleichterung von den Schmerzen.

Doch während ich sie beobachtete, neigte sich der Drache hart nach links und das goldene Licht, von dem ich wusste, dass es Ares war, glitt von seinem Rücken.

»Nein!« Meine Stimme war kaum hörbar, als Ares begann, durch die Wolken zu stürzen. Angst um sein Leben ergriff mich und ich musste mich zwingen, ruhig zu bleiben. Er war unsterblich. Er hatte die ganze Macht. Er konnte nicht sterben.

Aber ich konnte es. Und wenn er nicht bald käme, würde ich es tun.

Sein glühender Körper verschwand aus dem Blickfeld und Schrecken kicherte, als er mich wieder zu sich drehte.

»Unauffälligkeit war nie wirklich der Stil des Kriegsgotts«, sagte er und schlenderte näher an mich heran. Es war unerklärlich, wie ein strukturloses Gesicht so viel Bedrohung ausstrahlen konnte. Die Tintenwirbel krochen über die Oberfläche des Steins, dunkel und Unheil verkündend.

»Er wird zurückkommen«, krächzte ich.

»Ohne Zweifel. Und wenn er zurückkommt, wird er in ihre Arme fallen, nicht in deine.« Er nickte mit dem Kopf nach hinten, dorthin, wo Aphrodite mit verschränkten Armen stand. Ihr kurviger Körper glühte sanft.

Im ersten Moment prallten seine Worte an mir ab. Aber dann schienen sie durch meinen Verstand zu dringen und sich dort niederzulassen, wo sie es nicht sollten.

Ich wusste, tief im Inneren, dass Ares mir gehörte. Aber... Aber was, wenn er recht hatte? Was, wenn Ares vor uns beiden stand und sie wählte?

»Und dann, wenn er am verletzlichsten ist, wird sie zuschlagen.«

Mit einem Rausch sah ich das Bild vor mir, wie Aphrodite ein Messer in Ares Brust stieß. Blut von der Farbe des Goldes floss aus ihm heraus, sein Gesicht verzerrte sich in Höllenqual.

»Nein! Nein, hör auf!« Wenn ein Teil von mir wusste, dass das, was ich sah, Schreckens magischer Einfluss war. Ich war zu müde, zu schwach, zu kaputt, um mich dagegen zu wehren oder es überhaupt zu verstehen. Die Bilder übernahmen die Kontrolle und mein Gehirn akzeptierte sie.

Der Schmerz war schlimmer als die gebrochenen Knochen, schlimmer als die Wunde in meinem Oberschenkel. Ich wurde von innen nach außen aufgerissen.

»Schrecken!«

Diese Stimme ...

Ich zwang meine tränenden Augen sich zu öffnen, als ich noch einmal auf die Bretter fiel. Aber ich spürte nichts mehr.

Dentro landete auf dem Deck des Schiffes, schrumpfte seinen riesigen Körper, um darauf zu passen und Ares sprang von seinem Hals, während das ganze Schiff erzitterte. Er war mindestens drei Meter groß und seine Rüstung glänzte so hell, dass ich blinzeln musste.

Sein Sturz von dem Drachen war eine von König Schreckens Visionen gewesen. Mein Herz begann in meiner Brust zu pochen, so verzweifelt wollte ich glauben, dass Ares wirklich da war, dass er nicht gefallen war.

Seine Stiefel berührten die Bretter und er kam blitzschnell auf mich zu. »Du hast deinen letzten Atemzug genommen, Schrecken«, brüllte er, als er meine Seite erreichte und auf die Knie sank. Seine Rüstung klirrte und ich blinzelte erneut, als er einen Arm unter mich legte und mich zu sich zog.

»Sag mir, dass ich nicht träume«, flüsterte ich. Ich spürte seine Wut, die von ihm ausging, gemildert durch die Intensität seiner Zärtlichkeit.

»Ich bin hier, Bella. Nimm die Kraft. Jetzt.« Hitze flammte in meinem Bauch auf und Wärme begann sich in meinem Körper auszubreiten. In meinem Oberschenkel blitzte ein stechender Schmerz auf, der mich aufschreien ließ, doch dann setzte das vertraute Kribbeln der heilenden Magie ein.

Mit erschreckender Langsamkeit erhob sich Ares auf seine Füße.

»Du wirst für das, was du ihr angetan hast, bezahlen. Mit deinem Leben.«

Peng. Ein Trommelschlag, so laut, dass das Schiff vibrierte.

Schrecken zischte, als goldenes Licht mit einem Anflug von Rot von Ares ausströmte. Dann begann der Marmormann sich in die Luft zu erheben, so wie er es mit mir immer wieder getan hatte.

»Meister, bitte-«, begann Schrecken, seine kratzige Stimme war nicht mehr spöttisch und kühl. Er war verängstigt. Der Geist von Schrecken war verängstigt.

Schwankend kam ich auf die Beine, aber konnte mein Bein nicht belasten und hielt mich stattdessen an Ares riesigem Arm fest, um mich aufrecht zu halten.

Peng. Eine zweite Trommel gesellte sich zur ersten. Sie begannen zusammen zu schlagen, das Geräusch von klirrendem Stahl hallte in der Luft. Hitze und der Geruch von Schweiß, Eisen und Blut strömten über das Deck des Schiffes. Meine Wirbelsäule richtete sich auf und mein Körper begann anzuschwellen.

Rot legte sich über meine Sicht, als Schreie die Luft erfüllten.

»Bereit?«, sagte Ares.

»Ja.«

Zusammen entfesselten wir die Macht des Krieges.

Schrecken brüllte auf, als ein Riss in seinem makellosen Schädel erschien. Er breitete sich aus, erst langsam, dann schneller und zog sich über die gesamte steinerne Gestalt. Sein Schrei brach abrupt ab und ich spürte die Welle der Macht, die von uns abrollte, als sein Körper für den Bruchteil einer Sekunde erstarrte. Die Trommeln schlugen schneller, die Kriegsgesänge und der Klang der Explosionen umgaben uns vollständig.

»Ich habe dir doch gesagt, dass Ares dich fertigmachen würde«, sagte ich, dann zerbrach er.

Eine Million Marmorsplitter regneten auf die Holzplanken und ich strauchelte unter der Kraftanstrengung. Ares fing mich auf, zog mich an sich und starrte mir in die Augen. Feuer, leuchtend rot und orange und voller Verheißung des Lebens, flackerte in seinen Augen.

»Du bist wirklich hier. Auf dem Rücken eines Drachens, golden leuchtend. Ein echter verdammter Ritter in glänzender Rüstung.« Ich lachte halb und schluchzte halb.

»Hast du gedacht, ich würde nicht kommen?« Rohe Emotionen strömten aus ihm heraus, direkt in meine eigene Seele.

»Ich wusste, du würdest kommen. Ich… wusste nur nicht, ob du rechtzeitig hier sein würdest. Es wurde immer schwerer, durchzuhalten.«

Bevor er mir antworten konnte, durchbrach Aphrodites Stimme den Moment.

»Ich bin so froh, dass du dich zu uns gesellen konntest, Ares«, sagte sie, ihre Stimme giftig.

Ein goldener Schutzschild schimmerte um uns herum auf und wurde von Aphrodites schallenden Lachen durchdrungen. Ares ließ mich sanft auf die Bretter sinken, dann sprang er auf die Füße und stellte sich zwischen sie und meine noch immer heilende Gestalt. Meine Rippen schmerzten nicht mehr höllisch, aber meine Beine funktionierten noch nicht richtig und ich war erschöpft. Aber die heilende Macht wirkte, verdammt noch mal.

»Ich weiß nicht, warum du das tust, Aphrodite, aber genug ist genug.«

»Sie arbeitet mit deinem Vater zusammen«, sagte ich, wobei meine Stimme kräftiger klang. Ich wollte ihm nicht zu viel Kraft entlocken, aber sie brannte heiß und rief nach mir.

»Warum?«

»Aus demselben Grund, aus dem du auch mit ihm zusammenarbeiten solltest. Er ist unser König«, murmelte Aphrodite.

»Ich war mit seinem Handeln in der Unterwelt nicht einverstanden. Was er getan hat, war rücksichtslos und falsch.«

»Es ist nicht deine Aufgabe, mit seinen Taten einverstanden zu sein. Es ist deine Aufgabe, ihn zu unterstützen und ihm zu gehorchen. Schmerz, komm bitte her.«

Ich zog fester an der magischen Verbindung und ließ den flüssigen Genuss der Heilkraft schneller durch mein Inneres fließen.

Das Schiff schwankte und ich sah Dentro nach hinten fliegen, als eine rosafarbene Lichtkuppel um uns herum entstand, die das ganze Schiff einhüllte. Der Drache, der sich nun außerhalb vom Schutzschild befand, peitschte mit seinem Schwanz dagegen und helles fuchsienfarbiges Licht funkelte bei der Berührung.

»Das sollte die störende Bestie fernhalten«, murmelte Aphrodite, bevor sie sich wieder an Ares wandte. »Du wirst es noch bereuen, dass du hergekommen bist.«

»Gib uns den Dämon und wir lassen dich und meinen Vater mit dem Plan, den ihr ausgeheckt hast, in Ruhe.«

»Nein. Ich habe noch nie getan, was du mir befohlen hast, Ares, und ich habe nicht vor, jetzt damit anzufangen.« Sie legte den Kopf schief, ihre Lippen verzogen sich zu einem grausamen Lächeln. »Ich muss zugeben, dass es mir leidtut, meine Lieblingstrophäe verloren zu haben. Es hat so viel Spaß gemacht, mit dem mächtigen Kriegsgott, seinen Klauen und Reißzähnen und seinem Stolz zu spielen.«

Ich hatte erwartet, dass Ares die Beherrschung verlieren würde, weil er verspottet wurde, aber er war überraschend ruhig, als er ihr antwortete.

»Lass es gut sein, Aphrodite. Du kannst dich nicht in diese Liebe einmischen und das weißt du auch. Wir haben deinen Fluch gebrochen. Du bist fertig. Geh.«

Ihr Gesicht verzog sich und es war das erste Mal, dass die Frau nicht umwerfend schön aussah.

»Ich bin fertig, wenn ich es sage, du Narr. Ihr wisst nicht, wie es ist, meine Last zu tragen, zuzusehen, wie die Welt um mich herum auf mein Kommando zerbricht und explodiert. Ihr ahnt nicht, wie das Gleichgewicht meiner Macht funktioniert, was es mit meiner Seele macht.«

Ich hatte noch nie jemanden mit solcher Bitterkeit sprechen hören und zum ersten Mal dachte ich tatsächlich darüber nach, wie es wohl sei, die Macht der Liebe zu besitzen. Bevor ich Ares traf, kannte ich ihre Macht nicht. Ich hatte sie gesehen, auf der Bühne und auf der Leinwand, ich kannte die Gerüchte über ihre Intensität. Aber ich hätte mir nie vorstellen können, dass sie in jedes einzelne Atom meines Wesens eindringen könnte, oder dass sie das Potenzial hatte, einen Menschen wirklich zu verändern.

»Ich bin fertig mit diesem Gespräch«, schnauzte sie und wirbelte herum. »Ich habe genug gelitten. Wenn Zeus Plan aufgeht, wird das all das nicht mehr relevant sein. Ich brauche weder dich noch die kleine Göre, um seine neue Welt zu genießen.«

»Neue Welt? Wovon redest du?«

»Zeus nimmt deine Meuterei nicht einfach so hin. Er wird diejenigen belohnen, die ihm treu geblieben sind.«

»Was meinst du mit neuer Welt?«, drängte Ares.

»Es spielt keine Rolle, was ich meine. Du wirst nicht hier sein, um es zu sehen.«

Bevor er antworten konnte, hallte ein ohrenbetäubender Donnerschlag um uns herum auf und violette Blitze spalteten den Himmel, der sich unheilvoll verdunkelte.

Ich war zwar kein Eingeborener des Olymps, aber selbst ich wusste, was das bedeutete.

Zeus war auf dem Weg hierher.

Mein Vater materialisierte sich vor mir auf dem Deck des Schiffes, und Blitze zischten und versengten das Deck in einem Ring um ihn herum. Er versuchte, mich einzuschüchtern. Und es gelang ihm.

Ich war schon halb auf den Knien, bevor ich es verhindern konnte. Der König der Götter hatte eine Präsenz, die weit über normale Magie hinausging. Man konnte ihr nicht widerstehen.

»Sohn. Wie ich sehe, hat dich der Entzug deiner Macht nicht schlauer gemacht.«

»Wie ich sehe, hieltst du es für richtig, sie einem abtrünnigen Dämon zu übergeben«, antwortete ich mit zusammengebissenen Zähnen.

Zeus sah aus, wie er es oft tat, drei Meter groß und sehr gutaussehend, mit silbern dunklem Haar, leuchtend violetten Augen und einer Toga, die seinen wohlgeformten Körper kaum verbarg. Er sah aus, wie ich fast mein ganzes Leben lang hatte aussehen wollen.

»Du warst nicht mehr geeignet, die Rolle des Kriegsgottes zu übernehmen.« Wut schoss durch mich hindurch.

»Cronos wurde mit Hilfe von Verbündeten, die wir nicht mehr haben, gefangen genommen! Ihn freizulassen war ein unkluges Risiko und als Kriegsgott kenne ich mich mit Risiken bestens aus.«

»Unterschätzt du meine Macht, kleiner Mann? Glaubst du, ich bin nicht stark genug?« Macht knisterte um den Gott herum und Schmerz prickelte auf meiner Haut, als elektrische Spannungen durch die Luft summten. Seine violetten Augen verdunkelten sich, während er noch größer wurde und jeden auf dem Deck des Schiffes überragte. Ich hörte eine Bewegung und blickte über meine Schulter, um zu sehen, wie sich die beiden verbliebenen Kriegsherren zurückzogen, die Augen von dem mächtigen König abgewandt. Aphrodite jedoch blieb, wo sie war, ein selbstgefälliges Lächeln auf ihrem makellosen Gesicht.

»Du glaubst nicht, dass ich diesen alten Titanen überwältigen kann? Dein mangelndes Vertrauen in meine Fähigkeiten ist Verrat«, knurrte Zeus.

»Dir nicht zuzustimmen ist kein Verrat. Es ist auch kein Grund, mir meine Macht zu nehmen.« Bitterkeit durchzog meine Worte.

»Ich entscheide, was Verrat ist. Ich bin euer König, ob ihr es wollt oder nicht.« Der Donner grollte in der Ferne bei seinen Worten und der Himmel über uns verdunkelte sich. Ich konnte nicht mit ihm diskutieren, das war mir klar. Wenn ein so mächtiger Gott wie mein Vater sich gegen den stärksten aller Titanen beweisen wollte, konnte ich das nicht verhindern oder ändern.

Ich musste eine andere Taktik mit dem König der Götter ausprobieren.

»Willst du nicht zu uns zurückkehren, als unser König? Bitte, Vater. Führe uns, wie du es einst getan hast. Warum willst du Titanen freilassen und unsere Welt in Unruhe versetzen?« Zeus schnaubte.

»Das ist keine Bitte, die ein Kriegsgott äußern sollte, Ares. Du solltest Streit wollen, Junge! Du solltest Chaos und Zerstörung anstreben; diese Mächte sind alle mit deinen eigenen verbunden.« Er grinste auf mich herab, sein Blick schien sich direkt durch meine Rüstung zu bohren. »Du bist ein Schatten deines früheren Selbst.« Sein Blick huschte zu Bella. Meine Brust zog sich zusammen, Angst schoss durch mich hindurch. Bella kniete, wie erstarrt und ihr Blick war auf Zeus gerichtet. Ich konnte nicht sagen, ob in ihren Augen Ehrfurcht oder Angst zu sehen war.

»Sie hat nichts damit zu tun.«

»Oh, Ares. Ich bin mir ziemlich sicher, dass sie es sehr wohl hat«, hauchte er und trat auf sie zu. »Sie ist interessant.« Die Schroffheit war aus seinem Ton verschwunden und durch ein gefährlich tiefes Grollen ersetzt worden. Die Angst in mir krallte sich in meiner Brust fest, bis in meine Kehle.

Das Letzte, was ich wollte, war, dass Zeus sich mit Bella anlegte. Selbst seine Brüder konnten ihn nicht besiegen, ich würde ihn auch nicht davon abhalten, ihr wehzutun. Ich schob mich schnell zwischen sie.

»Nur einer von uns beiden kann unsterblich sein, während der andere lebt. Du brauchst kein Interesse an ihr zu haben; sie ist nur mit mir verbunden.«

»Es gibt viele Prophezeiungen in dieser Welt, Junge.« Zeus Augen funkelten mit violetter Elektrizität, als er mich ansah. »Ich war froh, dir deine Macht zu nehmen und deine Mutter einen Weg finden zu lassen, wie du sie wiederherstellen kannst. Du warst keine Bedrohung für mich oder meine Pläne und ich hatte gehofft, es würde Hera beschäftigen. Aber jetzt... Diese Frau kann dich stark machen, Ares. Sie hat das Potenzial, dich in etwas zu verwandeln, das so viel größer ist als du es jetzt bist. Etwas... Mächtiges. Ich kann es spüren, jetzt wo ihr beide zusammen seid. Ich kann das nicht zulassen.«

»Du irrst dich«, sagte ich, obwohl ich die Wahrheit seiner Worte kannte. Bella hat mich besser gemacht, stärker, kraftvoller. Aber nicht auf körperliche Weise. »Nur einer von uns kann gleichzeitig unsterblich sein und das macht uns schwach. Wir sind keine Bedrohung für dich.« Jede Faser meines Wesens sträubte sich dagegen, mich absichtlich als schwach darzustellen und ich musste die Worte mit Gewalt über meine Lippen bringen, aber es war das Einzige, was mir einfiel, um Bella zu beschützen.

»Nein, Ares. Wenn du lernst, diese Macht richtig zu teilen... Dein Mangel an Unsterblichkeit ist genau das, was dich unaufhaltsam machen wird.«

Tödliche Funken tanzten in seinen Augen, als er zwischen mir und Bella hin und her sah und ich dachte, mein Herz würde aufhören zu schlagen, als ich auf die Knie sank. Ich hatte keine Wahl mehr.

»Ich werde mich dir nicht widersetzen, Vater. Wir sind keine Bedrohung, ich schwöre es.«

»Und du, Mädchen?« Zeus sah Bella an. »Schwörst du es auch?« Sie sah mich an, dann den riesigen Gott vor uns.

»Ja«, sagte sie. Es entstand eine lange Pause, bevor Zeus sprach.

»Ich glaube dir nicht. In dir steckt ein unbezwingbarer Geist, der sich nicht unterkriegen lässt.«

»Vater, bitte. Wenn du mich je geliebt hast, lass sie in

Ruhe.« Sein Fuß stampfte hart auf die Bretter, während er bellend lachte.

»Aphrodite, komm her.« Die Göttin schlenderte zu ihm hinüber, wobei sie darauf achtete, Bella einen bösen Blick zuzuwerfen.

»Ja, mein Herr?«

»Verstehe ich das richtig, dass der Kriegsgott, wegen der nichtbestandenen Tribunale, jetzt dir gehört?«

»Technisch gesehen gehört der Kriegsgott den Königen des Schreckens«, schnurrte sie. »Aber wir haben eine Abmachung.«

»Gut.« Zeus schaute wieder zu mir. In seinen Augen stand der Tod, so klar wie der Tag.

Mir wurde schlecht, als ich versuchte zu mich mithilfe meiner Magie an einen anderen Ort zu bringen. Ich hatte bereits gewusst, dass es auf diesem Schiff nicht funktionieren würde, aber ich musste etwas versuchen. Meine Gedanken rasten, verzweifelt auf der Suche nach einem Weg, sie zu retten.

»Du weißt, was ich davon halte, die eigenen Familienmitglieder zu ermorden«, sagte Zeus. »Und deine Mutter würde mir nie verzeihen. Also fürchte ich, meine einzige Möglichkeit ist, das Mädchen zu töten.«

»Nein!« Ich sprang auf, wurde aber von seiner Magie festgehalten.

»Mein Herr, darf ich unterbrechen?« Aphrodites Stimme war seidenweich, während ich mich gegen meine unsichtbaren Fesseln wehrte. »Wenn du das Mädchen tötest, bekommt Ares ihre ganze Macht.«

»Das ist ein gutes Argument, Aphrodite. Lass mich das in Ordnung bringen.«

Ein Blitz schlug vor Bella in das Deck ein und sie wich zurück. Ich bemühte mich, mich zu bewegen, konnte kaum noch atmen, aber der Blitz dehnte sich aus und die Elektrizität erschütterte meine Haut, als die Ranke aus purpurner Macht mich erreichte. Ich hörte das Brüllen des Schmerzes, der aus meiner Kehle riss, zur gleichen Zeit, als ich Bellas Schrei hörte.

Ich versuchte zu sprechen, sie zu erreichen, aber der Blitz hielt mich an Ort und Stelle, mein ganzer Körper zitterte, als die Elektrizität ihn durchzog.

»Ich würde sagen, es tut mir leid, aber das hast du verdient, weil du mir in die Quere gekommen bist, mein Sohn«, hörte ich Zeus sagen.

Mit einem Stromstoß erreichte die Elektrizität meinen Bauch und die Verbindung zu Bella. Ein quälendes und reißendes Gefühl entstand, dann hörte der Stromstoß auf und versiegte schnell. Und damit auch mein Zugang zu Bellas Kraft.

»Nein, nein, nein.« Als der Schmerz der violetten Elektrizität nachließ, wusste ich sofort, dass etwas nicht stimmte. Ich konnte Ares immer noch in meinem Herzen spüren, aber die Verbindung, durch die wir meine Kraft teilten... sie war weg. Stattdessen blieb ein unbeschreiblich hohles Gefühl zurück, als wüsste mein Körper, dass dort etwas sein sollte, aber nicht was.

»Töte sie nicht!« Ares Stimme war rau und ich sehnte mich danach, seine Hand zu greifen, aber ich wurde von einer Magie festgehalten, von der ich wusste, dass ich sie niemals besiegen konnte. Als ich über die Stärke meiner Macht nachdachte, setzte ein rauschendes Gefühl ein, wie damals, als Dentro mich im Wald weg von Ares geflogen hatte, nur stärker.

Heilende Magie durchflutete meinen Körper wie ein reißender Fluss und wusch jede Spur von Müdigkeit und Schmerz aus jeder Zelle. Ich fühlte, wie meine Muskeln wuchsen, sich verhärteten, sich mit Kraft füllten.

Meine Kraft kehrte zu mir zurück, nicht mehr in der Lage, Ares überhaupt zu erreichen. Und... Und da war noch etwas. Etwas Neues. Ich erforschte mein Inneres und versuchte herauszufinden, was dieses dunkle, schleichende Gefühl war.

Schrecken.

Die Erkenntnis leuchtete mir ein. Es war die Macht, die König Schrecken zuvor innegehabt hatte. Sie musste zu Ares zurückgekehrt sein, als wir seinen sterblichen Körper zerschmettert haben. Und jetzt strömte sie in mich hinein.

Zeus trat hervor und der Zuwachs von Schreckens Kraft zu meiner eigenen trat abrupt in den Hintergrund. Ich beschwor einen Feuerball, schleuderte ihn direkt aus meiner Brust, so fest ich konnte und zielte auf den Riesen vor mir.

Das Feuer verpuffte nach weniger als einem Meter. Die Masse der Kraft, die mich an Ort und Stelle festhielt, verdichtete sich, hinderte mich an einer weiteren Bewegung und drückte mich fest zusammen.

Zeus, König der Götter und allmächtige Gottheit, wollte mich töten. Und aller Geist und Kampf der Welt konnte mich nicht vor ihm retten. Ares auch nicht.

»Ich liebe dich«, sagte ich, unfähig, meinen Kopf zu drehen, aber sicher, dass er wissen würde, dass ich mit ihm sprach. »Was auch immer sie uns antun, ich werde es nie bereuen, dich gefunden zu haben.«

»Bella, gib nicht auf.«

»Niemals«, sagte ich. »Ich wollte nur, dass du das weißt.« Ich hatte erwartet, dass mein Herz rasen würde, mein Magen mit Schmetterlingen gefüllt wäre und die Angst mich verschlingen würde. Aber eine seltsame Ruhe war über mich gekommen.

Wenn ich unterging, gab es einen Gott, den ich mit mir in die Hölle nehmen würde.

»Ich liebe dich auch.« Ein Schwall von Emotionen begleitete seine Worte und die Sorge, dass ich seine Berührung nicht mehr spüren, seine Lippen nicht mehr küssen und seine Stimme nicht mehr hören würde, wuchs in mir.

Es ist noch nicht vorbei.

»Seid ihr mit eurem Abschied fertig?«, dröhnte Zeus und ich holte tief Luft.

»Ich bin schon hunderte Tode gestorben«, sagte ich, so laut ich konnte. »Was ist da schon ein weiterer Tod?« Der massige Gott neigte den Kopf.

»Ich verstehe deine Zuneigung zu ihr«, sagte er zu Ares.

»Bitte, Vater«, krächzte er.

Das war die Ablenkung, die ich brauchte. Ein Feuerball, dreimal so groß wie der erste, explodierte aus meiner Brust. Aber dieses Mal zielte ich nicht auf Zeus.

Er schlug in Aphrodite ein, bevor sie überhaupt merkte, dass er kam, so stark war meine wiedererlangte Kraft. Ein Schrei erfüllte die Luft, als ihr Kleid Feuer fing. Zeus schnippte mit den Fingern und löschte mein wütendes Inferno auf der Stelle.

»Du solltest besser aufpassen, Aphrodite«, rügte er sie. Ich sah, dass die Haut ihres schönen Gesichts verkohlt und mit Blasen übersät war, bevor sie wieder zusammenzuwachsen begann. Aber es verbarg nicht die Wut.

»Es ist Zeit für sie zu sterben«, knurrte sie und ein schwarzes Kleid schlang sich wie aus dem Nichts um ihren Körper, um das zu ersetzen, das ich gerade zu Asche verbrannt hatte.

»In der Tat.« Der Donner rollte und Blitze zuckten.

Türkisfarbene Blitze.

Für den Bruchteil einer Sekunde sah ich Verwirrung über Zeus massiges Gesicht huschen, bevor Hera auf dem Deck des Schiffes auftauchte. Sie war so groß wie Zeus und die Wut in ihrem Gesicht rivalisierte mit der von Aphrodite.

»Du wagst es, dich in so alte Verbindungen einzumischen? Du wagst es, das Leben unseres Sohnes zu ruinieren?« Die Göttin trat auf Zeus zu und wurde noch größer. Mir stockte der Atem. Sie war überwältigend, ein Kraftpaket mit dunkler Haut und blaugrüner Seide und einer Aura so intensiv wie der von Zeus. In diesem Moment wollte ich Hera sein. »Ich habe in den letzten Monaten jeden Tropfen Energie, den ich besitze, darauf verwendet, dich von deiner eigenen Idiotie abzuhalten, aber jetzt hast du mich zu weit getrieben!« Zeus Augen verdunkelten sich, als er seine Frau anblickte.

»Du weißt nicht, wer du bist, dass du meinst, mich daran hindern zu können, zu tun, was ich will. Löse deinen Griff um mich und lass mich mit dem Wiederaufbau unserer Welt weitermachen.« Hera gab ein humorloses Lachen von sich.

»Zeus, ich bin die einzige Olympierin, die Kontrolle über dich hat. Das ist, was meine Fesseln bewirken. Sie verbinden zwei Menschen. Ich bin genauso an dich gebunden wie du an mich. Ich werde nicht zulassen, dass du diese Fehler machst. Und ich werde nicht zulassen, dass du einen Teil der Seele unseres Sohnes tötest.«

»Dieses Mädchen könnte unser Untergang sein«, zischte Zeus.

»Das ist mir egal. Du bist zu weit gegangen.«
Sie standen jetzt Nase an Nase und ich hielt den Atem an, als ich sie beobachtete. Mein Bein zuckte dort, wo mein Knie auf die harten Bretter traf und ich merkte,

dass ich mich wieder bewegen konnte. Ich drehte meinen Kopf ganz langsam und genoss den Anblick von Ares, der ein paar Meter entfernt war.

»Weib, lass mich!«, brüllte Zeus.

»Diesmal nicht, Ehemann«, erwiderte Hera und blitzschnell nahm sie sein Gesicht in ihre Hände. Es gab einen lauten Knall, einen Blitz aus lila und blaugrünem Licht und sie waren weg.

Ich fiel nach vorne auf meine Hände, als die Reste der Kraft, die mich an Ort und Stelle hielten, mit ihnen verschwanden. Kraft pulsierte durch meinen ganzen Körper und ich war in Sekundenschnelle wieder auf den Beinen. Niemand hätte geahnt, dass die Wunde in meinem Oberschenkel noch vor wenigen Stunden an der Grenze zu meinem Tod gewesen war. Ich fühlte mich verdammt unbesiegbar.

Aphrodite erstarrte auf den Platz, den Zeus noch vor einer Sekunde eingenommen hatte, als Wut mich packte und Instinkt und Macht die Kontrolle übernahmen. Ich spürte noch immer, wie die Magie mich erfüllte, als wäre mein Körper ihre Zuflucht, jetzt, da sie Ares nicht erreichen konnte.

»Was wirst du jetzt tun, wo er nicht mehr da ist, Aphrodite?« zischte ich und meine Stimme klang nicht wie meine eigene.

»Ich brauche Zeus nicht, um meine Kriege für mich auszuführen«, sagte sie, obwohl ich die Unsicherheit in ihren Augen sehen konnte. »Schmerz! Panik!«, rief sie.

»Ahhh, du brauchst also stattdessen ein paar Leute mit der Macht des Krieges«, sagte ich und verengte meine Augen. Ich wusste, dass sie glühend heiß sein würden.

Ich konnte spüren, wie die Hitze von mir abwälzte, während mein Körper anschwoll und die gewaltige Energie aufnahm, die durch meine Glieder strömte. »Weil du zu erbärmlich bist, um selbst gegen mich zu kämpfen.«

»Ich bin nicht so primitiv, dass ich mit meinen Fäusten kämpfen muss.«

»Nein. Du kämpfst mit unbarmherzigen Worten und grausamen Manipulationen«, sagte Ares, bevor ich antworten konnte. Er war auf den Beinen und obwohl er groß und solide in seiner Rüstung war, hatte er kein Leuchten, keine Aura der Macht um sich. Ich begegnete kurz seinen Augen und projizierte so viel Liebe und Vertrauen, wie ich konnte, in meinen Blick. Ich spürte, wie die Verbindung zwischen unseren Seelen brannte und wusste, dass er meine Botschaft verstanden hatte.

Wir würden so bald wie möglich herausfinden, wie wir seine Kraft zurückbekommen konnten, aber im Moment hatten wir einen Krieg zu gewinnen.

Gemeinsam schritten wir auf Aphrodite zu, während die Könige sich an ihre Seite begaben.

»Ich habe es überhaupt nicht nötig, gegen euch zu kämpfen«, spuckte sie. »Nicht, solange ich eine kleine Armee habe, die das für mich tut.« Sie streckte ihre Hände aus und sie glühten hell. »Du wurdest her befohlen, Hässlicher«, rief sie laut.

Kälte senkte sich über das Schiff, während Schatten über das Deck zu kriechen begannen. Ich erkannte das Gefühl sofort. Es war der Dämon der Unterwelt.

BELLA

Die Könige traten zu beiden Seiten neben Aphrodite, und grausame Grimassen verzerrten ihre sonst so hübschen Gesichter.

Ich suchte den dunkler werdenden Himmel schnell nach Dentro ab, aber der Drache war nirgends zu sehen. Die Temperatur sank weiter und das Licht der Segel wurde schwächer, während sich die Schatten ausdehnten.

Ich wusste, was kommen würde.

Ich hob meine Hand zur gleichen Zeit, als Aphrodite ihre senkte und zog eine Kuppel um Ares hoch. Körperlich war er verdammt stark, aber gegen die Könige, Aphrodite und den Dämon zusammen war er machtlos. Der Gedanke, dass er seine Seele verlieren könnte, ließ eine neue Welle von aufwallendem Zorn durch mich hindurchschwappen.

Schmerz wallte in mir auf und ich wurde mir einer Empfindung bewusst, die von den Brettern in meinen Beinen aufstieg. Es dauerte nicht lange, bis sich das Gefühl verschlimmerte und der Schmerz begann, meine immer noch wachsenden Muskeln zu verkrampfen. Ich benutzte meine Magie, um das Gefühl zu verdrängen und merkte erst, als Ares vor Schmerz knurrte, dass der Schutzschild, das ich um ihn gelegt hatte, angegriffen wurde und die Magie von König Schmerz durch ihn hindurch zu ihm gelangen konnte.

Ich ließ mehr Energie in den Schutzschild fließen, aber sobald ich das tat, kehrte der Schmerz in meinem eigenen Körper zurück, stark genug, um ein Knie einknicken zu lassen.

Ich hörte Aphrodite lachen, als ich meinen Kiefer gegen die wachsende Qual zusammenbiss.

»Du bist dran, Panik«, gurrte sie.

Augenblicklich wurden die Schatten länger und die Erinnerung an meine letzte Begegnung mit dem Keres-Dämon kam mir in den Sinn. *Du kannst sie nicht besiegen. Schwerter funktionieren nicht, Kraft funktioniert nicht, Feuer funktioniert nicht. Du kannst sie nicht besiegen, nutzlose kleine Göttin.*

Die Stimme sang in meinem Kopf und ließ zu, dass die Panik meine Zuversicht aussaugte, ließ zu, dass sie meine Kraft vergiftete, während sie durch meine Adern floss.

Ich fühlte, wie der Schutzschild schwächer wurde, als die Wellen der Qualen wuchsen und mein anderes Bein einnickte.

»Lass das mit dem Schutzschild. Bekämpfe sie«, würgte Ares hervor.

»Ich kann nicht! Was, wenn der Dämon kommt? Ich werde nicht riskieren, deine Seele zu verlieren.«

»Du kannst nicht mich verteidigen und gleichzeitig kämpfen, Bella. Und du musst kämpfen.«

· · ·

Ein lautes, katzenhaftes Knurren ließ mich umdrehen und mir stockte der Atem, als Zeeva vom nächstgelegenen Achterdeck aus der Tür sprang. Sie war riesig, wirkte in ihrer Sphinx Gestalt tödlich und bewegte sich mit einer überirdischen Anmut. Ich war noch nie so glücklich gewesen, sie zu sehen.

Noch besser war, dass sie meinen Helm und mein Schwert in ihrem massiven Maul hielt.

»Zeeva, du bist ein verdammter Superstar«, hauchte ich, als sie im Laufen den Kopf herumwarf und den Helm und das Schwert über die Planken auf mich zurasen ließ. Ich streckte die Hand aus, stoppte den Helm mit meinem Knie und griff nach *Ischyros*. Hitze strömte in meine Handfläche, während das Schwert fröhlich summte.

»*Ich weiß*«, antwortete die Katze und stürzte sich auf König Schmerz.

Der König kreischte auf, als sie ihn berührte und der Schmerz, der meine Beine im Griff hielt, verschwand. Aphrodite stolperte rückwärts, wich Zeeva aus, während sie zischte und knurrte und mit ihrer riesigen Pfote nach Schmerz schlug.

Ich sprang wieder auf die Füße, dann war auch Ares auf den Beinen und rannte auf mich zu.

Unsere Hände fingen einander, die Finger verschränkten sich ineinander, als er seine Lippen auf meine presste. Für eine kurze Sekunde der Glückseligkeit verschwand der Kampf in der Freude eines Moments, von dem ich befürchtete, ihn nie wieder zu erleben. Aber er zog sich zu früh zurück.

»Bella, du musst kämpfen, was auch immer mit mir geschieht. Du hast jetzt alle Macht und bist in voller Stärke. Du bist eine wahre Göttin. Du kannst gewinnen.«

»Ich werde nicht zulassen, dass sie dir wehtun.«

»Lass die Macht die Oberhand gewinnen, Bella. Sieh ein, wer du wirklich bist. Du bist die Titanin Enyo, Göttin des Krieges.«

»Ich weiß nicht, wer das ist. Ich weiß nicht mal mehr, wer ich bin, wenn ich dich nicht habe.« Ich konnte spüren, wie sich die Angst vor dem Dämon in mir ausbreitete und meine Gedanken vernebelte. »Ich kann deine Seele nicht verlieren. Ich weiß nicht, wie ich sie aufhalten soll, sie ist nicht aus Fleisch und Knochen.«

»Dann werde nicht zu Enyo.« Ares nahm mein Gesicht in seine Handflächen und ich hörte Aphrodite wieder nach dem Dämon schreien. »Werde *Bella*, Göttin des Krieges. Du hast all deine Kraft. Du hast die Fähigkeit in dir, die Herren des Krieges zu befehligen. Du hast gehört, was Zeus gesagt hat. Er fürchtete dich, Bella, der König der Götter selbst hat Angst vor dir. Du bist mächtig und stark. Du wirst siegen.«

Eisige Kälte wehte über das Deck, als seine Worte die Mauer des Zweifels durchbrachen, die sich zwischen mir und der fast überströmenden Macht in mir aufgerichtet hatte.

Ich war mächtig. Ich wusste, dass es wahr war, die Wut in mir war kaum noch zu bändigen, ein Tornado aus brutaler Energie.

Ein furchtbarer hoher heulender Ton schwebte über uns, so dass ich mir die Ohren zuhalten wollte. Stattdessen presste ich meine Lippen fest auf die von Ares, dann trat ich zurück und hob meinen Helm an. Ich atmete tief durch und schob ihn mir über den Kopf.

Ich erhob *Ischyros*.

Ich werde siegen. Ares glaubte daran. Und das musste ich jetzt auch.

Ich musste annehmen, wer ich war. Ich musste zur Göttin des Krieges werden. Aber nicht Enyo. Ich hatte keine Verwendung für eine alte Version von mir, die ich nie gekannt hatte. Ich musste sein, was ich aus mir gemacht hatte, dieselbe Frau, die aus jedem Scheiß Dasein gestärkt hervorgegangen war. Dieselbe Frau, in die sich Ares verliebt hatte.

Ich spürte, wie sich mein Rückgrat aufrichtete und mein Blut in meinen Adern heißer wurde.

Ich war Bella und ich war eine verdammte Göttin.

DREIUNDDREISSIG
BELLA

Der Keres-Dämon brach in einer Welle aus schwarzem Rauch, der so dicht war, dass ich kaum hindurchsehen konnte, auf das Deck. Die Könige und Aphrodite verschwanden im Dunst, während der Geruch von Blut und verfaultem Fleisch meine Nasenlöcher überwältigte.

»Du bist zurückgekommen, Wohlriechende. Und jetzt ist dein Geruch sogar noch stärker.«

Die Stimme des Dämons ließ jedes Haar auf meinem Körper zu Berge stehen, wie beim Kratzen von Nägeln auf einer Kreidetafel.

»Ich bin hier, um dich zurück in die Hölle zu schicken«, knurrte ich und hob mein Schwert. »Ich habe die Schnauze voll von durchgeknallten Göttinnen und seelensaugenden Dämonen, die versuchen, den Menschen, die ich liebe, zu schaden. Das endet jetzt.«

Ich umklammerte den Griff meines Schwertes mit beiden Händen und hielt es hoch, so wie ich es in den Visionen von mir in einem lila Kleid auf einem Pferderücken gesehen hatte.

Wie die längst verlorenen Teile eines Puzzles, die wieder an ihren Platz flogen, ergab die Vision plötzlich einen Sinn. Ich wusste genau, was ich sah, als ich meine Augen schloss und es vollständig über mich ergehen ließ. Der Geruch der grasbewachsenen Erde, das Dröhnen des Schlachtgesangs meiner Armee, das Schlagen der Trommeln, das Geräusch von Hufen, die auf den Boden stampfen.

Es war eines meiner früheren Leben. Eines, in dem ich die glorreichste Ehre von allen errungen hatte. Eines, in dem ich wild, stark und weise war und mein Volk zum Sieg führte.

Ares hatte recht. Ich beherrschte die Macht des Krieges. Ich bin dafür *geboren* worden, die Macht des Krieges zu beherrschen.

Als ich meine Augen öffnete, strömte goldenes Licht aus meinem Körper und ein Nervenkitzel, wie ich ihn noch nie gespürt hatte, erfüllte mich, als ich es sah. Die Armee aus meiner Vision, Hunderte von muskulösen Männern und Frauen auf Pferden, galoppierten entlang der Lichtstrahlen, ihre Schwerter und Äxte erhoben wie ich meines. Die Dämonin wimmerte, als das Licht sie erreichte und begann, sich um ihre groteske Gestalt zu wickeln, als wäre es ein Lasso, das von einer endlosen Welle von Kriegern geritten wurde. Die Luft war erfüllt vom Klang des Schlachtgesangs der Armee und dem Donnern der Hufe.

Ich stieß meinen eigenen Kampfschrei aus, als die Kraft aus meinem Inneren strömte, während das Licht weiter aus meiner Brust floss. Die furchtlosen Reiter durchrissen ihren Weg zum Feind und wurden immer größer, je näher sie ihm kamen. Innerhalb weniger Augenblicke wirbelte ein Tornado aus goldenem Licht um die Dämonin herum und ich sah Waffen, Pferdeköpfe und bemalte Gesichter inmitten des Goldes aufblitzen, während sie um sie herum galoppierten und die Trommelschläge laut widerhallten.

Etwas knallte gegen mich und ich taumelte.

»Zeeva!« Es war die Sphinx, die mich getroffen hatte und während ich es geschafft hatte, mich auf den Beinen zu halten, war sie über die Planken gerutscht. Sie fletschte die Zähne, ein schreckliches Zischen kam aus ihr hervor, als sie wieder aufsprang.

»*Dieser König wird sterben!*«, schrie sie und bevor ich noch etwas sagen konnte, sprang sie zurück in den wabernden Rauch, der das Deck wie Nebel bedeckte.

»*Bella, sie hat meine Macht!*«

Ares Stimme erklang in meinem Kopf und ich schloss die Augen und konzentrierte mich darauf. *Der Dämon hatte Ares Macht.* Ich musste sie mir zurückholen.

»Deine Kraft ist weg, erbärmlicher kleiner Welpe.« Aphrodite pirschte sich durch den Rauch, fuchsienfarben leuchtend. Aber sie log. Ares Kraft war da, ich konnte fühlen, wie sie von dem Dämon ausging. Warum nutzte sie sie nicht?

Ich nahm meine ganze Konzentration zusammen und stürzte mich in den dunklen Raum, den Ares mir gezeigt hatte, als ich Hippolyta mit ihrer Kriegsmagie aufsuchte.

Alles erstarrte, als ich mich im tiefen Nichts wiederfand, eine flammende Säule aus rotem und goldenem Licht direkt vor mir, umringt von meiner berittenen Armee. Die hellen, schimmernden Silhouetten von

Schmerz und Panik waren auch da, ebenso wie ein paar helle Lichter in der Ferne, die jedoch alle von dem Leuchtfeuer von Ares Macht, das im Inneren des Dämons loderte, in den Schatten gestellt wurden.

»Keres-Dämon! Gib die Macht des Krieges ab, sofort! Gib sie ihrem rechtmäßigen Besitzer zurück!« Ich schrie die Worte, ohne große Hoffnung, dass sie irgendeine Wirkung haben würden. Ich hatte nicht die geringste Ahnung, wie ich Ares Macht zurückbekommen konnte. Ich wusste nur, dass ich etwas tun musste und ich konnte den Dämon nicht töten.

Oder konnte ich es doch?

Die Frage schoss mir unaufgefordert in den Kopf und ich brauchte eine Sekunde, um zu erkennen, dass es nicht meine eigene war. Es war Schreckens Stimme.

Du kannst sie töten. Zeus sagte, du seist mächtig genug, um eine Bedrohung zu sein. Natürlich kannst du einen Dämon töten.

»Warum sollte ich dir helfen?« Die furchterregende Stimme des Dämons kam aus dem Strahl von Ares Kraft. Ich zwang mehr von meiner eigenen Kraft in den wirbelnden Ring aus Licht.

»Es ist nicht deine Macht.«

»Das weiß ich wohl.« Ihre Stimme war bitter und alles, was ich über Macht im Olymp wusste, schwirrte mir durch den Kopf. Ares gab Gastwirten, wie den Königen des Schreckens, Macht, um sie zu nutzen. Aber nicht er hatte dem Dämon diese Macht gegeben, sondern jemand anderes.

»Du kannst die Kraft des Krieges nicht nutzen, oder?«

»Ich brauche sie nicht. Meine eigene ist ausreichend.«

»Dann macht es dir sicher nichts aus, wenn ich sie mir zurückhole.«

Ich zog an meiner Verbindung zu Ares, füllte jede Zelle damit, rief seine Seele zu meiner. Seine Macht war ein Teil seiner Seele, hatte er gesagt. Und obwohl die Verbindung in meinem Bauch weg war, war die in meinem Herzen so stark wie immer.

Zuerst flackerte der Lichtstrahl nur schwach. Dann begann er mit einem Glühen auf mich zuzurasen, entlang meines eigenen goldenen Lichtstroms.

Ich öffnete meine Augen und ergriff Ares Hand, als der Dämon aufheulte. Er zuckte neben mir zusammen, dann weiteten sich seine Augen, als seine Kraft durch mich in ihn zu fließen begann.

»Halt!«, schrie Aphrodite und eilte auf uns zu.

Aber sie kam zu spät. Wie ein lang verschollener Hund, der zu seinem Herrn zurückkehrte, sprang die Kraft von Ares in nur einem Herzschlag auf ihn über.

Gold brach aus ihm hervor, als er wuchs, sein eigener Strom aus Licht ergoss sich aus seiner schimmernden Rüstung und schlug auf Aphrodite ein. Die Armee, die in seinem Licht rannte, bestand aus Lakaien mit Helmen wie seinem eigenen, massiven griechischen Schildern und tödlichen Speeren. Die Schlachtrufe und Todesschreie hallten durch die Luft und ich spürte, wie meine eigene Armee antwortete und auf ihren Pferden schneller galoppierte.

»Ares! Ares, lass mich frei!«, schrie Aphrodite, als die goldenen Krieger sie umzingelten, zu einem Tornado peitschten, genau wie meine eigenen und sie gefangen hielten.

Kraft stieg in mir auf, als Ares Augen auf meinen ruhten und aufloderten.

»Wir können sie töten«, sagte ich, bevor ich wusste, dass ich die Worte überhaupt gedacht hatte. »Alle beide. Wir sind zusammen stark genug, ich kann es fühlen.«

»Nein, Bella. Das ist die Aufgabe von Hades und Poseidon.« Aber brennende Wut wälzte sich durch mich, wollte raus.

»Sie hat versucht, dich zu töten. Sie hat versucht, uns zu trennen.« Das goldene Licht, das von mir ausging, war rot gefärbt. Es sah ein wenig wie Feuer aus. Ich neigte den Kopf.

»Sie müssen sie fertigmachen, sie verbrennen«, sagte ich. In meinem Kopf tauchten Bilder von Aphrodite auf, die den Flammen erlag, ihr Gesicht eine Maske der Angst, ihre Stimme ein kauerndes Flehen.

»Bella, das ist Schreckens Macht, die da spricht. Nicht deine.«

»Ares, ich will sie tot sehen.«

»Ich werde gehen!« Aphrodites Stimme ertönte aus dem Inneren ihres Lichtkäfigs. Ihr Gesicht war gerade noch durch das sich drehende Gold zu erkennen. »Ihr werdet mich nie wieder sehen, ich schwöre es. Lasst mich einfach gehen.«

»Lügen.« Ich schritt auf sie zu, und mein Licht wurde komplett rot. Der Dämon stieß einen erstickten Schrei aus, aber ich hörte ihn kaum. »Du lügst, kleine Göttin«, spuckte ich. »Dämon! Du kannst Seelen rauben, oder?« Ich wandte meinen Blick nicht von Aphrodite ab, in der nun die Angst aufstieg, die ich so verzweifelt sehen wollte. Ich konnte Schreckens Macht spüren, die mich bei ihrer Reaktion erregte. Und ich akzeptierte das. Ich konnte es nicht verhindern. Diese Frau hatte versucht, mir alles zu nehmen. Ich hatte ihr kein Unrecht getan.

Sie hatte Ares wie ein verdammtes Spielzeug behandelt.

»Ja«, krächzte der Dämon.

»Kannst du die Seele eines Unsterblichen nehmen?«

»Nein. Aber... ich kann ihre Macht nehmen.« Freude funkelte in mir auf.

»Nimm ihr ihre Kraft.«

»Nein!«, kreischte Aphrodite.

»Bella, das bist nicht du. Das ist der Einfluss von der Macht des Schreckens.« Ares Stimme war ruhig, seine Augen loderten noch immer, als er mich zu sich drehte.

»Sie verdient es, so zu leiden, wie du es getan hast.«

»Das sehe ich auch so, aber wir sollten nicht diejenigen sein, die sie bestrafen.«

»Hör ihm zu! Er ist weise«, würgte Aphrodite hervor. Ares Augen blitzten dunkel, als er sich ihr zuwandte.

»Du hast Jahrhunderte damit verbracht, mich zu einem Narren zu machen, Aphrodite. Ich flehe nicht für dich um Gnade, weil du sie verdienst.«

»Warum dann? Warum willst du ihr Gnade erweisen?« Ich konnte die Eifersucht in meiner Stimme hören. Ich spürte, wie mein Körper anschwoll, als sich noch mehr Wut in mir entlud. Ich musste kämpfen. Ich musste siegen. Ich musste beweisen, wozu ich fähig war.

»Weil du mir die Bedeutung von Gerechtigkeit beigebracht hast.«

»Es ist gerecht, dass sie so leidet, wie du es getan hast!« Eine Ader an Ares Hals pulsierte gefährlich. »Vielleicht. Aber du trägst jetzt Schreckens Grausamkeit in dir. Handle nicht nach seinem Willen.«

»Es ist mein eigener Wille, der sie büßen sehen will.«

Ares öffnete den Mund, um zu antworten, als ein Schmerz durch meine Wirbelsäule fuhr. Ich schrie auf, als ich auf die Bretter fiel und Ares vor eilte, um mich aufzufangen. Ich fühlte, wie mein Lichtstrom abbrach, dann hörte ich die Stimme von Schmerz, als ich mich überschlug.

»Bring uns von hier weg, Aphrodite, jetzt!«

»Nein!« Ich richtete mich in Ares Armen auf, verzweifelt bemüht, Aphrodite an der Flucht zu hindern, aber ich erstarrte bei dem, was ich sah.

Der Keres-Dämon hatte Aphrodite erreicht, bevor sie sich wegzaubern konnte. Mein Magen drehte sich um, und Galle stieg in meiner Kehle auf, als die verrottete, leichenähnliche Form über der schönen Göttin aufragte und rosa Licht aus Aphrodites Brust in das klaffende Maul des Dämons strömte.

Schmerz gab einen erstickten Laut von sich, aber ich konnte meine Augen nicht von der grauenvollen Szene vor mir abwenden. Ich klammerte mich an Ares und er zog mich hart zurück. Ein Gefühl der absoluten Ungerechtigkeit machte sich in mir breit, die Vorstellung, dass meine eigene Kraft so aus mir herausgesaugt werden würde, war unerträglich. Ein wahres Verständnis dafür, wie es für Ares gewesen sein muss, als ihm seine Kraft genommen wurde, legte sich über mich.

»Du... du hattest recht. Das war nicht das, was ich wollte. Es fühlt sich so falsch an.« Ares schwieg einen Moment, bevor er antwortete, seine Stimme grimmig.

»Ich wollte gerade das Gegenteil sagen. Ich denke, es ist genau das, was sie verdient. Ich wollte nur nicht, dass du durch Schrecken zu etwas gezwungen wirst, das du bereuen würdest.«

Der Dämon drehte sich plötzlich zu uns um und Aphrodite sackte auf das Deck. Ein Schluchzen sprudelte aus ihr heraus.

»Ich habe getan, was du verlangt hast, neue Herrin. Wirst du mich jetzt gehen lassen?« Die Stimme des Dämons machte mich noch kränker, die Kopfschmerzen kehrten sofort zurück. Dunkler Rauch wogte um uns herum. Aphrodites Schluchzen wurde lauter.

»Keres Dämon! Du wirst jetzt mit mir zurückkehren!« Die Stimme schallte über das Deck, zusammen mit einem eisigen Luftzug, der meinen Körper zurückschrecken und sich verbergen ließ. Mit einem fast blendenden Blitz aus hellblauem Licht erschien Hades auf dem Deck.

Der dichte Rauch verflüchtigte sich, aber ich war zu sehr auf Hades fixiert, um etwas anderes zu bemerken. Das blaue Licht, das den Gott der Toten begleitet hatte, erstarrte zu Menschen, genau wie meines und das von Ares. In Windeseile umschwärmten sie den Dämon.

»Herrin! Herrin, helft mir!«, schrie der Dämon und mit einem weiteren Magenkribbeln wurde mir klar, dass sie mich meinte.

Es gab einen lauten Knall, einen weiteren hellen, blauen Blitz und Hades und der Dämon verschwanden.

Der Himmel hellte sich sofort auf, die Sonnensegel warfen einen warmen Schein über alles, als sie sich wieder mit Licht füllten.

»Wie...« Ich starrte umher, mein Verstand war voller aufkommender Müdigkeit und Verwirrung.

»Ich habe ihn und Poseidon gerufen«, sagte Ares sanft und ich erkannte mit einem Schreck, dass der Gott des Meeres über Aphrodites zerknitterter Gestalt stand.

»Du kannst Zeus nicht besiegen, Poseidon. Er ist stärker als du und Hades zusammen«, sagte sie unter Tränen.

Ich suchte das Deck ab. König Schmerz lag blutüberströmt am Boden und Zeeva hockte über ihm, immer noch in Sphinx Form. Panik kauerte am Hauptmast.

»Wenn du dich mit meinem Bruder verbündet hast, Aphrodite, dann befindest du dich im Krieg mit uns.« Poseidons Stimme war tief und ernst.

»Ich habe meine Wahl getroffen, du Narr. Es ist die richtige Entscheidung.« Ich musste zugeben, dass in Aphrodites Worten Mut lag. Ein Mut, den ich ihr bisher nicht zugetraut hatte.

»Dann lässt du mir keine Wahl.« Fesseln erschienen in den Händen des Meeresgottes und ein Blitz der Genugtuung durchfuhr mich, als Aphrodite errötete und die Fesseln auf magische Weise an ihren zarten Handgelenken einrasteten.

»Danke, Enyo«, sagte Poseidon, bevor sie beide in seinem eigenen aquablauen Blitz verschwanden.

»Ich bin Bella«, flüsterte ich.

»Schmerz, Panik, erkennt mich jetzt als euren Schöpfer und Meister an. Kniet nieder«, grölte Ares. Panik kniete sofort nieder, die Angst in seinem Gesicht war deutlich. König Schmerz kämpfte sich in eine kniende Position, aber Zeeva schlug mit ihrer Pfote zu, sobald er sich aufrichtete und ließ ihn mit einem Grunzen zurück auf die Bretter sinken.

»*Tut mir leid. Ich konnte es nicht verhindern*«, sagte sie. Ares warf ihr einen Blick zu, dann sprach er wieder.

»Kehrt in eure Reiche zurück und wartet auf mein Urteil. Ihr werdet für eure Meuterei bezahlen. Wenn ihr auch nur daran denkt, euch mir zu widersetzen, werdet ihr sterben.«

»Ja, Meister.« Beide Männer verschwanden auf der Stelle und ich konnte es ihnen nicht verübeln. Ich würde auch so schnell wie möglich von hier verschwinden wollen. Ares berührte wieder meine Wange und ich ertrank in den Emotionen in seinem Gesicht.

»Du warst unglaublich«, sagte er.

»Das warst du auch. Ich… es tut mir leid, dass ich ein bisschen…« Ich brach ab.

»Als ich das erste Mal mit Schreckens Macht in mir umgehen musste, war es schwer. Du hast es besser gemacht als ich.«

»Wirklich?«

»Ja. Bella, ich dachte wirklich, ich würde dich verlieren. Mehr als einmal.« Sanft hob er den Helm von meinem Kopf, gefolgt von seinem eigenen. Er senkte den Kopf, sein schönes, ernstes Gesicht nur Zentimeter von meinem entfernt. »Ich liebe dich.« Seine Lippen trafen meine und es war der zärtlichste Kuss, den wir je geteilt hatten. Das Feuer, die Trommeln und die Hitze kochten in einer Leidenschaft, die eine Million Mal weiter ging als mein körperliches Verlangen nach ihm.

Ich drückte mich an ihn, schlang meine Finger um seinen Hals und küsste ihn härter.

»Ich liebe dich«, sagte ich ihm im Geiste. *»Ich könnte es nicht ertragen, dich zu verlieren.«* Er wich zurück, nahm mein Gesicht in beide Hände, einen schmerzhaften Blick in den Augen.

»Es tut mir leid. Es tut mir so, so leid, was ich dir angetan habe.«

»Lass uns nicht darüber reden. Es ist vorbei.«

»Ich… ich habe die Prophezeiung missverstanden. Ich dachte, um unsterblich zu sein, darfst du nicht existieren. Aber jetzt würde ich dich sofort der Unsterblichkeit vorziehen.«

»Nun, jetzt, wo du deine Kraft zurückhast, musst du diese Wahl nicht mehr treffen.« Seine Miene verfinsterte sich und ich wusste, warum, bevor er sprach.

»Ich fühlte mich lebendig, als ich meine Sterblichkeit mit dir teilte.«

»Ich weiß. Ich will das auch nicht wirklich. Aber so ist es besser, als wenn einer von uns ohne den anderen leben muss.«

»Das ist wahr.«

Ich stellte mich auf meine Zehenspitzen und küsste ihn erneut.

»Was wird mit ihnen geschehen?«, fragte ich, als ich mich von ihm löste.

»Aphrodite wird eine Gefangene sein und der Dämon wird in die Obhut von Hades zurückgegeben.«

»Ich will nicht lügen, der Gedanke, dass sie eine Gefangene ist, gefällt mir sehr. Aber was passiert mit ihrer Macht?« Ares zuckte mit den Schultern, das Metall seiner Rüstung bewegte sich gegen mich. Ich blickte nach unten und bemerkte, dass wir beide noch immer glühten.

»Ich bin sicher, Poseidon wird die richtige Entscheidung treffen.«

»Und die Seelen, die der Keres-Dämon genommen hat?«

»Hades wird sein Versprechen halten, und sie zurückzugeben, da bin ich mir sicher.«

Ich nickte, Erleichterung überrollte mich wie eine Welle des Meereswassers unter uns. Es war vorbei. Keine Tribunale mehr, Joshua würde in Sicherheit sein und das Wichtigste von allem, Ares und ich waren zusammen.

»Ares, können wir jetzt nach Hause gehen?«

»Natürlich. Ich glaube, ich hätte gerne etwas von dem verrückten Getränk, das du so gerne magst. Wie heißt es noch mal?«

»Tequila«, strahlte ich ihn an.

»Ja. Tequila.«

»Können wir ihn nackt trinken?«

»Ich würde ihn nicht anders trinken wollen.«

. . .

»Tut mir leid, dass ich störe«, sagte eine tiefe Stimme. Der Duft des Ozeans wehte über mich hinweg, als ich mich gleichzeitig mit Ares umdrehte.

»Oceanus«, hauchte er und wir beide verbeugten uns vor dem alten Titanen, als er wie auf einer unsichtbaren Treppe direkt aus den leuchtenden Sonnensegeln auf das Deck hinunter zu gehen schien.

»Es scheint, als hättet ihr eure Aufgabe erfüllt«, brummte er. Er hatte eine abgetragene Toga an, keine Schuhe und sein graues Haar war aus seinem gebräunten Gesicht zurückgebunden. Wieder einmal sah er nicht so aus, wie ich es von dem mächtigsten Gott des Olymps erwartet hatte. Er sah aus wie ein heißer älterer Fischer auf einer Toga-Party.

»Meine Macht ist zurückgekehrt, Oceanus. Ich brauche dein Angebot eines Dreizacks nicht mehr.« Oceanus blaue Augen funkelten.

»Ich bin beeindruckt von deinem Engagement, dich als würdiger Gott zu erweisen, Ares.« Er versteifte sich neben mir.

»Ich danke dir«, murmelte er.

»Gibt es etwas anderes, das ich dir anbieten kann, anstelle des Dreizacks?« Aufregung durchzuckte mich und als Ares mich ansah, wusste ich, dass er dasselbe dachte.

»Die Verbindung, die Zeus zerstört hat«, sagte ich und mein Gesicht verzog sich zu einem Lächeln. Oceanus legte den Kopf schief. »Die, die euch erlaubt hat, eure Macht zu teilen? Die euch beide sterblich gemacht hat?«

»Ja. Genau die«, nickte Ares. »Kannst du sie wiederherstellen?«

»Ja, aber ... das würde bedeuten, dir die gerade

zurückgewonnene Kraft zu nehmen. Ist es wirklich das, was du willst?« Ares ergriff meine Hand und drehte mich zu sich um.

»Bella, bist du dir sicher, dass du die Macht wieder teilen willst? Wir könnten für die Ewigkeit unsterblich sein, beide richtige Götter mit der vollen Kraft der Olympier.«

»Ich will nicht für die Ewigkeit unsterblich sein! Ich will mein Leben so leben, als würde es etwas bedeuten und jede Erfahrung mit dir teilen.« Und es stimmte. Je länger wir zusammen waren, desto mehr liebte ich es, meine Kraft mit Ares zu teilen. Das ziehende Gefühl in meinem Bauch, die Art, wie er mich mit heilender Kraft überschüttete, wenn ich sie brauchte... Es fühlte sich einfach so richtig an, irgendwie.

»Ich auch. Ich will nicht das Leben, das ich vor dir hatte. Ich will das, wofür du mir die Augen geöffnet hast. Ich will lernen, was all diese lächerlichen Emotionen bewirken und den Nervenkitzel spüren, Risiken einzugehen.« Seine Augen tanzten vor Erregung, während er sprach.

»Dann ist die Entscheidung gefallen«, strahlte ich ihn an.

Mein Magen schlug Purzelbäume, als wir uns wieder zu Oceanus wandten.

»Wir möchten wieder die Macht eines Gottes teilen. Es spielt keine Rolle, ob es meine oder Bellas ist. Solange es so ist, wie es früher war.« Oceanus weises Gesicht entspannte sich zu einem Lächeln.

»Eure Entscheidung erfreut mich. Ich möchte euch beiden ein Geschenk machen.« Ein kleiner Armreif erschien an meinem Handgelenk, und als Ares seinen Arm ausstreckte, erschien ein dazu passender an seinem viel größeren Arm. Sie waren aus Zwirn gefertigt und hatten drei winzige Meeresperlen auf das Band gefädelt.

»Diese werden euch zwar nicht unsterblich machen, aber sie werden euch vor dem Altern bewahren. Der Olymp braucht einen Gott oder eine Göttin des Krieges; wir können euch nicht in fünfzig Jahren wegsterben lassen.«

Ich schaute zwischen dem Armreif und Oceanus hin und her. »Wir werden also ewig leben, solange wir nicht im Kampf getötet werden?«

»Ja. Ihr könnt immer noch durch alles getötet werden, außer durch das Alter.«

»Danke«, sagte Ares mit einer Aufrichtigkeit in seiner Stimme, die an Ehrfurcht grenzte. Oceanus gluckste.

»Ich habe noch nie eine solche Dankbarkeit für das Geschenk, getötet werden zu können, gehört.« Er schüttelte den Kopf.

Mit einem Schwung seiner Hand bemerkte ich, wie sich ein warmes Kribbeln in meinem Magen ausbreitete, dann entkam ein Lachen meinen Lippen, als ich spürte, wie die Verbindung wieder zustande kam. Ares zog mich zu sich und küsste mich, als die Wellen der Energie, die durch mich rollten, nachließen und die Wärmequelle unter meinen Rippen verblasste. Dann spürte ich das vertraute Ziehen, als sich das Übriggebliebene unserer Kraft zwischen uns bewegte und sich ausglich.

Unsere Kraft. Nicht meine, nicht Ares. Unsere.

BELLA

»Ich wünschte, du hättest mich nicht herbestellt«, brummte Ares. Ich verdrehte die Augen, drehte mich aber nicht um, um ihn anzuschauen.

»Du weißt genau, warum du hier bist. Weil ich mir noch nicht zutraue, mich den ganzen Weg in die Welt der Sterblichen zu zaubern.«

»Beeil dich aber. Die Ankündigung in den Kampf-arenen findet bald statt.«

Ares schmollte, weil ich darauf bestanden hatte, mich mit eigenen Augen davon zu überzeugen, dass Joshua in Sicherheit war. Die Wahrheit war, dass ich ihn dabei haben wollte, weil ich wusste, dass er eine gewisse Eifer-sucht auf meinen alten Schwarm hegte und ich dachte, er würde sich in Zukunft weniger Sorgen machen, wenn er auch dabei wäre.

Ich beobachtete Joshua durch das Fenster seines Büros, das durch meinen Schutzschild vor Blicken geschützt war. Er unterhielt sich angeregt mit einem Patienten und soweit ich wusste, hatte er keine Ahnung, dass ich in seiner Nähe war. Oder dass ich überhaupt existierte, geschweige denn, dass ich seine Seele gerettet hatte.

Hades hatte sein Wort gehalten und alle Seelen zurückgegeben, die der Dämon gestohlen hatte. Viele der sterblichen Heerscharen waren getötet worden, aber Hades rechte Hand, Hekate, hatte mit einer Art Magie dabei geholfen, sie wiederzubeleben und ein Gott namens Hypnos, der ebenfalls für Hades arbeitete, hatte dabei geholfen, die Erinnerungen ihrer Lieben zurückzusetzen. Ich kannte die Details nicht genau, aber Persephone hatte mir versichert, dass meine Sorgen über Zombies unbegründet waren. Es hatte etwas mit der Erschaffung neuer Körper und dem Wiedereinsetzen der Seelen, mit all ihren eigenen Erinnerungen, zu tun. Joshua war immer noch Joshua, nur in einem brandneuen Körper, der aussah, wie der alte.

Die Macht, die die Götter über die Welt hatten, die ich mein Zuhause genannt hatte, war etwas überwältigend, aber ich hatte viel Zeit, mich daran zu gewöhnen. Die Unendlichkeit, wenn ich es schaffte, mich nicht umbringen zu lassen.

»Ich bin fertig. Ich wollte nur überprüfen, ob ich erreicht habe, was ich mir vorgenommen hatte«, sagte ich und wandte mich an Ares. »Nämlich meinen Freund zu retten.« Ich betonte Freund, aber er sah mich immer noch finster an.

»So wie es für mich aussieht, wolltest du mich einfach ärgern.«

»Dann ist mir das heute wohl zweimal gelungen.«

Er warf mir einen Blick zu, dann zog er mich dicht an sich heran und strich mir die Haare aus dem Gesicht, während er auf mich herabstarrte. »Du kannst mich jeden Tag bis in alle Ewigkeit ärgern, wenn es dich glücklich macht«, sagte er leise.

»Dann werde ich genau das tun«, grinste ich ihn an. »Aber jetzt müssen wir gehen. Deine Ankündigung steht an.«

Ares brachte uns zurück auf das Deck seines Schiffes und ich sprang halb auf die Reling. Wir schwebten direkt über der Mitte der größten Kampfarena in seinem Reich. Die Leute begannen, die Sitzreihen zu füllen und Aufregung durchströmte mich.

Ares musste sich nach den Tribunalen um eine ganze Reihe von Problemen kümmern. An erster Stelle stand die Suche nach Eris, aber damit hatten wir bisher keinen Erfolg gehabt. Während Hades den Schaden behoben hatte, den der Dämon angerichtet hatte und die Wächter wiederbelebte, hatten wir mit Persephones Hilfe jeden Zentimeter des sterblichen Reiches durchkämmt. Aber wir konnten keine einzige Spur von der Chaosgöttin finden. Alles, was wir tun konnten, war zu hoffen, dass Poseidon Erfolg haben würde, Aphrodite dazu zu bringen, uns zu erzählen, was sie getan hatte.

Widerstrebend war Ares dazu übergegangen, sein eigenes Reich zu reparieren. Und das bedeutete, einen neuen Gastwirt für die Magie des Schrecken zu finden. Wir hatten uns mit allen Kandidaten getroffen, und Ares stellte sicher, dass ich bei der endgültigen Entscheidung ein Mitspracherecht hatte. Ich traute dem Harpyien-Hybriden, den wir ausgewählt hatten, zwar nicht, aber ich war zuversichtlich, dass sie in der Lage sein würde,

Schreckens Geist zumindest für eine Weile in Schach zu halten.

Jetzt musste Ares seinem Reich beweisen, dass er immer noch so stark und mächtig war wie der Gott, der sie jahrhundertelang regiert hatte und dass er immer noch ihren Respekt verdiente.

Und ich hatte ihn davon überzeugt, dass der beste Weg dazu eine Tournee durch das Reich war. Gleich nach der Ankündigung, die er machen wollte, würden wir zu einer Rundreise durch sein Reich aufbrechen und in jedem einzelnen Königreich Halt machen, um zu beweisen, wie stark und respektabel wir waren. Ich war so aufgeregt, dass mir der Kopf weh tat, wenn ich zu viel darüber nachdachte.

»Viel Glück heute, du Wilde. Ich muss jetzt zu meinen Brüdern zurückkehren.« Ich hörte Dentros Stimme in meinem Kopf und suchte den Himmel über mir ab. Ein winziger Punkt in der Ferne pulsierte.

»Ich danke dir für alles, Dentro. Komm jederzeit wieder vorbei.«

»Es tut mir leid, dass ich auf dem Schiff nicht helfen konnte.«

»Du hast Ares zu mir gebracht. Das war alles, was ich brauchte. Du hättest nicht mehr tun können, um mir zu helfen.«

»Leb wohl, Bella. Ich hoffe, dass wir uns bald wiedersehen werden.«

»Tschüss, Dentro. Viel Spaß noch.«

Ich hörte sein Glucksen, als der Punkt in der Ferne aus dem Blickfeld verschwand.

Meine Traurigkeit darüber, dass mein Drachenfreund abreiste, wurde durch die Tatsache, dass meine Katzenfreundin noch da war, deutlich gemildert. Zeeva war besorgt, Heras strenge Regeln gebrochen zu haben, als sie sich verwandelt und mir auf Aphrodites Schiff praktisch das Leben gerettet hatte, aber sie hatte kurz darauf eine Nachricht von ihrer Herrin erhalten. Hera hatte nichts darüber gesagt, wo sie und Zeus waren, nur dass sie eine Nachricht an Hades geschickt hatte und dass Zeeva von ihren Pflichten entbunden war, bis Hera zurückkehren konnte.

Und zu meiner Freude hatte Zeeva beschlossen, bei mir zu bleiben, auf Ares Schiff. Ich wusste, sie liebte mich wirklich.

~

»Bist du bereit?«, fragte mich Ares, als ich zwanzig Minuten später aus dem Schlafzimmer kam. Ich trug eine volle Rüstung, Helm und alles, genau wie Ares.

»Verdammt bereit«, antwortete ich ihm. Er schüttelte den Kopf, aber seine Augen lächelten hinter dem Helm.

»Gut. Dann wollen wir mal.«

Das Schiff sank tief in die Kampfarena, als wir uns einen Weg an Deck bahnten, so dass wir auf gleicher Höhe mit den nun vollbesetzten Zuschauerplätzen waren, die das Stadion umgaben. Gemeinsam nahmen wir an Größe zu und hörten erst auf, als wir beide an die sechs Meter groß waren und jeder in der Arena uns deutlich sehen konnte. Stille empfing uns und mein Magen kribbelte vor Vorfreude.

»Bürger meines Reiches«, dröhnte Ares und die Verbindung in meinem Bauch zog sich zusammen, als er Kraft schöpfte, um seine Stimme zu verstärken. »Von diesem Tag an soll kein Mann, keine Frau und keine Kreatur gegen ihren Willen im Reich des Widders kämpfen.«

Sofort stieß die Menge ein kollektives Summen der Überraschung aus.

»Die Preise für das Kämpfen werden hoch und lohnend sein und nur diejenigen, die bereit sind, können sich dafür bewerben. Die Strafe für den Bruch dieses neuen Gesetzes ist der Tod. Kämpft und seid siegreich!«

Ein Jubel erhob sich, zunächst leise, dann aber immer lauter werdend. Die Bürger des gefährlichsten Reiches im Olymp waren besondere Menschen, brutal, hart und wild. Ich konnte es kaum erwarten, sie zu treffen. Ich strahlte hinter meinem Helm.

»Wir werden jetzt das gesamte Reich des Widders bereisen. Wir hoffen, viele von euch auf unseren Touren zu sehen. Viel Glück euch allen.« Das Schiff bewegte sich, hob uns schnell in die Wolken und ich zog meinen Helm vom Kopf. Ares tat das Gleiche.

»Wo willst du zuerst hin?«, fragte er, Feuer tanzte in seinen schönen Augen, seine Haut glühte golden.

»Überall. Aber vielleicht sollten wir mit dem Schlafzimmer anfangen.«

»Ich liebe dich, meine goldene Göttin.«

»Und ich liebe dich, mein Kriegsgott.«

DANKE FÜRS LESEN!

Vielen Dank, dass du »Der Gott des Goldes« gelesen hast. Ich hoffe, es hat dir gefallen!

Es hat mir viel Spa§ gemacht, Ÿber Bella und Ares zu schreiben und sie haben in dieser Serie wirklich das Sagen. Normalerweise plane ich meine Geschichten ziemlich sorgfŠltig, aber je mehr ich Ÿber die beiden schrieb, desto mehr Dinge passierten, mit denen ich einfach nicht gerechnet hatte. Wie Dentro zum Beispiel - er hŠtte in dieser Geschichte gar nicht vorkommen sollen! Es war ein Riesenspa§, dieses Abenteuer mit den fluchenden, unberechenbaren und liebenswerten Kriegsgšttern zu erleben und ich hoffe wirklich, dass ihr beim Lesen genauso viel Spa§ hattet wie ich beim Schreiben :D

Ich muss meiner Mutter, meinem Mann und meinem Lektor danken - ohne euch kšnnte ich den Job, den ich liebe, nicht machen - DANKE.

Und noch mehr mšchte ich mich bei **dir** fŸrs Lesen bedanken.

Ich kann ehrlich gesagt nicht glauben, dass ich gerade

die Worte DAS ENDE fŸr mein dreizehntes Buches getippt habe und das liegt daran, dass ihr, meine Leser, so unglaublich seid. Jede einzelne Seite, die ihr lest, ermšglicht es mir, mehr zu schreiben und ich bin so dankbar dafŸr.

Und ich verspreche euch, dass ich weiter Geschichten schreiben werde! xxxxx